星に誓う、きみと僕の余命契約

長久

STARTS
スターツ出版株式会社

生きてる世界と死後の世界を分ける川を渡るのも、船渡し賃がいると聞いた。

夜空に輝く天の川を渡る織姫(おりひめ)や彦星(ひこぼし)だって、対価を毎年払ってるのかもしれない。

この世に生きてる人だって同じだろう。

好きなことをしたい。好きなものを食べたい。好きな人と遊びに行きたい。

何かを求め探して歩むなら、大変だろうと対価を支払ってるはずなんだ。


胡散(うさん)臭い彼と不思議な店で取引をしなければ、愛情を感じない人生になったはずだ。

大切な人の想いにも、自分のやりたいことにも気が付かなかったと思う。

人生の価値と意義を痛感したからこそ、生きていられる一瞬が尊くなる。

そして——後悔したんだ。

目次

星に誓う、きみと僕の余命契約

プロローグ　さようなら

七夕の夜、僕にとっての織姫は死の瀬戸際にいた。

先天性の不治の病と闘い続けてきた彼女が、夜空の星になるらしい。

逃れられない最期であり絶対に受け入れられない未来が——遂にきてしまった。

「惺くん……。どこ？」

「結姫……。ここだよ」

「どこ、なの？　もう、見えなくなっちゃった……。そっかぁ、私、死んじゃうんだね……」

ベッドに横たわり発する掠れた弱々しい声音に、胸がギュッと締めつけられる。

無機質な病室、鼻をつく薬品のツンとした香り、命の危険をビービー伝える機械音。

小動物みたいに明るく溌剌とした結姫には、何もかもが相応しくないよ。

虚空を見つめる彼女の顔を覗き込み、手を握っても、弱々しい力しか返ってこない。

ブルブル震える僕の手が、どうにか彼女を揺り起こしてくれないだろうか。

「僕は、ここにいるよ？　ねぇ、結姫……。こっちだよ、どこを見てるの？」

「惺くんと一緒の高校、通いたかったなぁ……」

微笑む結姫の瞳は潤んでるけど——それでも、決して涙は流さない。

自分が最期を迎えるというのに、結姫は約束を守ろうとしてるんだ。

幼い頃から

『涙を流したら、弱さも溢れ出しちゃう。それに周りも嫌な空気にさせちゃうでしょ？　そんなの絶対に嫌！　私は最期まで私らしくいるからね！』

と語ってた。

この世でたった一人、大切な君の言葉が……。

痛々しいまでのプラス思考と強さが、胸を痛い程に締めつけてくる。

弱音なんて、いくらでも吐いていいのに。まだ結姫は、中学生じゃないか……っ。

一応は僕が一個先輩なのにさ……。何て無力なんだろうね。情けない、辛いよ。

普段から役に立たない僕なんだから、せめて弱音ぐらい聞かせてほしい……。

「結姫……。結姫？　ねぇ、結姫!?」

「…………」

彼女の手を握っても、反応がない。

物心ついた頃から結姫が中学三年生になる今まで、ずっと一緒にいたけど……。

初めてだね、君が僕を無視するのなんてさ。

「僕と同じ高校に入るんだって、結姫は言ってたでしょ？　こんなところで僕なんかを一人にしないでよ。諦めるのは、僕の役割で……。結姫には、似合わないよ？」

「残念ですが……。もう時間の問題です。奇跡を起こせるよう、我々医療スタッフも全力を注ぎます」

「…………」

お医者さんの言葉に、何も返せない。

それは僕だけじゃなくて、結姫のお父さんやお母さんも同じみたいだ。

ただ泣きながら、結姫の身体に寄り添うばかり。

メガネが曇ったのかな。目の前が滲(にじ)んで……。

そっか——僕は、泣いてるのか。

視界を滲ませる涙が零(こぼ)れないよう、上を向いて病室を出る。

唯一無二の大切な人が、苦しそうに息をして目も開けられない姿なんて……。

僕には、もう見ていられない。

生まれてから十五年間。

最期の最後まで、ずっと病気と闘い続ける結姫とは大違いの弱さだ。

「死ぬなら、僕を連れていってよ。神様でも、天使でも、悪魔でも何でもいいからさ……。何となく生きてる僕なんかより、彼女を助けてよ……っ！」

結姫が存在しない地上で、もう僕は生きていたくない。

お願いだ。お願いだよ。

誰でもいいから……。天使でも悪魔でも構わないから……。

結姫を——助けてください。

陰鬱とする僕を常に導き続けてくれた結姫の笑顔が、勝手に思い浮かぶ……。

『幼馴染みなんだから、辛いなら私を頼ってね！　一緒に楽しく生きる未来を探そうよ！』

ああ……。結姫の言葉が、今でも耳に響く。

弾けるような笑顔が、鮮明な動画みたく脳に流れてくるよ。

僕を導いてくれてた結姫の声が、もう聞けないのか？　本当に？

現実に迫ってることを考えると、身体の力が抜けてくる……。

ずっと心を支えてくれた結姫のために何もできない自分を、消したくなる。

「はは……。僕が情けないことを言ったら、また怒られるんだろうな」

死にたいわけじゃない。

だけど妹みたいにずっと一緒にいてくれた結姫が助かるなら、死んでもいい。

いっそ——僕の寿命を全部渡して、元々いなかったことになってしまえれば。

結姫の笑顔を曇らせることなく、皆が幸せになれるはずなのに。

僕は、『あなたが死にたいと思い適当に生きた一日は、誰かが本気で生きたくて仕方がなかった一日だ』という言葉を耳にしたことがある。

それなら……あげるのに。

生きる意味も理由も見つけられない——僕の寿命をさ。

何で、何でそんな都合のいい医療技術とかは発展してないんだろうな……。

ふらふらとスタッフステーションの前を歩いていると
「市川結姫ちゃん……。もう、保たないんだって」

「そう……。やりたいことが沢山ある年齢なのに、可哀想ね」

彼女についてスタッフの交わす会話が耳に入った。

「それこそ……。あの怪談みたいなのが起きないとね」

「止めてくださいよ。その得たいの知れない怪談、夜勤中めっちゃ怖いんですから」

「悩んで疲れ、人生に絶望してると……急に扉が開き異世界に――」

「――先輩、嫌がらせですか!?」

何が病院の怪談だ。

人が死にそうな時に、くだらないオカルト話で談笑して……っ。

たまらず病院の外へ出た瞬間、小雨が肌にポツポツと当たる。

夏場の汗と湿度のベタつく感覚で、少しだけ冷静に戻れた気がした。

遠くからは賑やかな祭りの音が聞こえる。

関東三大七夕祭りといわれる、埼玉県狭山市の入間川七夕まつりの音だ。

楽しそうな音楽や人々の声、祭りという響きが……。何もかもを失おうとしてる僕からすると、凄く腹が立つ。

いや、これは悔しいというべきかな。

結姫や僕は、こんな不幸なのに……。

天を仰ぐと、暗い雨雲の切れ間から辛気くさい病院と対極な光景が目に入った。

「天の川か……。いいよね、織姫と彦星はさ。一年に一回は確実に会えるんだから。……僕は結姫と、もう二度と会えなくなるのに」

もうすぐ結姫は、天の川を形作る星々の一つに加わるんだろう。

僕では手の届かない、見上げるだけの空で。ずっと同じ場所に佇んでいくのか。

それは『全力で生きたい』と願い努力してた結姫が、絶対に望まないことのはずだ。

何で……。死んでも構わないと思って生きてる僕より、先に亡くなるんだ。

連れてく人を間違ってるよ、神様。

「命を奪うなら、僕のほうを奪うべきでしょ。皆の期待を裏切り続けて見放された僕なら悲しむ人もいないのに……。何で、何で死ぬのが僕じゃないんだよ!?　おかしいだろ、そんなの!?」

悔しさに耐えきれない。

不条理を認められない。

思わず目をギュッと閉じ、目の前に生えている大木へ拳を打ちつけると——

「――輝けるものが何一つない。まるで闇夜のような客人よ。ようこそ、私の店へ」

「……え？」

目を開ければ、アンティーク調な部屋の中で立っていた。

両脇へ並ぶ棚に、ズラッと並んでる瓶は何だ？

まるで星々の煌めく宇宙みたいなものが、瓶の中に閉じ込められてる。

その最奥、木製のレジ台のような場所には――顔の上半分を白い仮面で覆う、黒い燕尾服の怪しい男がいて……。この空間全体、現実感がない。

僕は、遂におかしくなってしまったのか？　そうか、それしかない。

「私の名前は、カササギ。趣味のコレクションを兼ね、とある店を営んでおる者です」

「……店って、そんなのは、どうでもいい」

「おやおや？　本当にそうでしょうか？　現状、名前負けも甚だしい空知優惺さん」

何で僕の名前を知ってるのか。そんなことを問う気力すら湧かない。

「そもそも闇のような絶望を抱き、執念や怨念にも至る程に欲するものがなければ、この店への扉は開かれないのですがねぇ？」

俯くと、木製の床にポタポタと染みが滲むのが見えた。

彼女を想い落ちた、僕の涙か……。

「私は人生の美しさを封じた瓶を求めております。取引という手法でねぇ。空知さん。あなたが求めておられるものは、何でしょうか？」

こんな無駄話をしている間にも、彼女は……。

きっと今頃は、もう――この世にいないはずだ。

ここに並ぶ瓶の中身みたいに、夜空で輝く星になってるだろう。

それなら
「……僕には、欲しいものなんて何もない」

もう生きることに、意味も理由も感じない。

ツカツカと床を踏み鳴らす音が次第に大きくなり、俯く視界に革靴が映る。

そして
「私の店では対価次第で何でも売り買いしますよ。――〝命の輝き〟の取引なども ね」

耳元で囁かれた言葉が、脳内に何度も響く。

命の輝き……。

つまりは――消えかけてる結姫の命も、買うことができる？

カササギという男が放った言葉に微かな希望を見出して、顔を持ち上げた。

半月のように口元を歪め微笑む表情。

仮面の奥では、怪しい光を放つ眼光が僕を見据えていた――。

一章　星夜の奇跡、命の取引

生きる意味とか理由について考えだしたのは、いつからだろう？

少なくとも小学校に入ったばかりの頃は、まだ生きる意味も理由も考えずに済んだ。

『俺と凛奈ちゃんが警察、結姫ちゃんと優惺がドロボーな！　制限時間は十分で！』

『優惺くん！　結姫を私に捕まえさせないでよ？』

『お、言ったね!?　凛奈、私を捕まえられるなら捕まえてみなよ！』

そうだ。

幼馴染み四人と、こうして遊んでる時間が癒やしだったんだ。

高橋輝明、佐々木凛奈。

学校も家も近いから、物心がついた頃には一緒に遊んでいて気が付けばいつも四人でいた。結姫と凛菜ちゃんが一個下の学年なんて、当時は気にもならなかった。

消えたいなんて思うことも、少なかったな。

家庭ではともかく、学校での時間が楽しくて……。救いだったからだと思う。

『ぎゃぁあああ、凛奈に捕まった！　鬼、悪魔、凛奈！　惺くん助けて！　脱獄脱獄！』

『はいはい、結姫は無理して走っちゃダメなんでしょ？　大人しく牢屋に入って』

『凛奈ぁ～！　私を病人扱いしないでよ！』

『だから全力で捕まえたでしょ？　容赦なくさ』

泥棒と警察に分かれた鬼ごっこ。
身体の悪かった結姫は体力もなくて、いつも真っ先に捕まってた。
警察役の凛奈ちゃんに連れられた結姫は、牢屋に入れられる。
そんな結姫を、校庭の木の傍から見守りながら――
『――ん？　今、木が揺れた？　あの葉っぱの間にある服、優悍か⁉』
『え、嘘！　優悍くん見つけた⁉　今日は絶対、捕まえてやる！』
『悍くん、逃げきって！』
視線を上げ木に向かい走る輝明と凛奈ちゃん。
そんな二人の様子を笑いながら見つめる僕は――
『――え、服だけ引っかかってる⁉　優悍、上着を残して逃げた⁉』
『嘘⁉　じゃあ優悍くん本体はどこ⁉』
木に登って捕まえようとしていた二人の叫び声を尻目に、物陰から飛び出た。
『結姫、タッチ！　よし、脱獄だ！』
『悍くん、迎えに来てくれるって信じてたよ！』
牢屋代わりにしたサッカーゴールの中で立っていた結姫の手を取る。
『マジか、結姫ちゃんにまで逃げられた！　反対側に回り込んでるとか忍者かよ！』
『悔しい！　また優悍くんにやられた！』

ああ……。懐かしいな。

二度と戻ってこない、皆との楽しい日々。

どうして狂ったんだろうと思い返せば……当然だったなと諦めに至る。

あれは、小学校の四年生ぐらいだったかな……。

狭山市に近い所沢航空公園（ところざわこうくうこうえん）にみんなと親子四組で遊びに行った時も徴候はあった。

日本の航空発祥の地とかで、航空機の展示とかスポーツ場、小川で自然と触れ合えるとか。もの凄く広くて色々なものがあると聞いて、胸をときめかせた。

アスレチックとかで遊びたいねと、四人で話してたっけな。

だけど実際には……そうはならなかったんだ。

当日、両親は僕の手を引き合いながら
『優惺、まずはフライトシミュレーターに乗るんだ。そこで航空機に興味を持ってから詳細を勉強しよう。最後に操縦席へ座れば、さらに学べるだろう』

『あなた、何を言ってるの？　航空機の操縦なんて優惺の将来の役に立たないじゃない。優惺、管制塔へ行くわよ。実際に英語で交信してた音声も聞けるらしいわ。優惺なら聞き取れるわね？』

『お前は、また！　興味関心と理屈を学ばせなければ思考能力も育たないだろう!?』

『優惺が立派な大人になるのを邪魔してるのは、そっちでしょう！　あなたの教育は間違ってるのよ！　実用性とか理論的根拠が乏（とぼ）しいものに優惺を促さないでよ！』

大声で喧嘩（けんか）をしている姿に、皆は顔が引きつってた。

代々続く一族経営企業の社長をしてる父さん。

東京の大きな病院で研究もしてた、優秀な看護師の母さん。

今なら分かるけど……。

悪気はなく、一人息子の僕に期待して教育熱心だったんだと思う。

『おじさん、おばさん！　惺くんは私たちと遊ぶ約束があるの。だから』

『結姫ちゃん。悪いけど、これは家庭の問題だ』

『そうよ。うちの教育だから、口出しをしないで遊ぶといいわ。身体に気を付けてね？』

『でも、でも……。惺くんは遊びたいって、言ってたんだもん！』

結姫が涙ぐみながら、僕の目を見る。

そんな結姫を連れ戻そうとしてる両親にも、結姫は必死に抵抗してたな。

だから僕は
『どっちも頑張るから。立派な大人になるから！　だから皆、喧嘩しないで！』

涙ぐみながら、そう答えるしかなかった。

そんな姿を見て、両親は落ち着きを取り戻す。

顔を引きつらせてた輝明や凛奈ちゃんはホッとしたような表情になった。

結姫だけは不満そうな顔をしてたけど。

そうやって僕は、どんどん皆と遊ぶ時間が減っていった。

小学校五年生の頃には、母さんは追い詰められたような表情をしてたっけな。

『優惺。お母さんね、習い事の送り迎えのために、お仕事は減らしたから』

『え？　お母さん、病院のお仕事辞めちゃったの？』

『働く時間を短くしたのよ。だから、これまで以上に勉強のお手伝いができるわ。塾と家庭教師、ピアノに水泳だけじゃなくて、プログラミングとダンスもスケジュールに入れたからね』

『……皆と、遊ぶ時間は？』

僕がそう尋ねた時、お母さん鬼のような表情をしてたな……。

『……わがまま言って、ごめんなさい』

『分かってくれて嬉しいわ。全て優惺の将来のためなのよ？　遊ぶ時間は、そうね。結果を出すのよ。社会に出れば分かるけど、結果を出さないと自由は奪われるばかりなの』

『……僕、まだ分かんないよ』

『いずれ分かるわ。分からないうちは、言われたことを全力で頑張りなさい。立派な大人になれるよう導くのが親の務めだから』

そう言って母さんは、頭を撫でてくれた。

大好きな友達にも会えないで、徹底的に管理される日々。

楽しいという感情が消えていくような気分だったのを忘れられない。

それでも、泣きながら必死に勉強をしてる僕の部屋の窓へ――結姫が、毎日欠かさず紙飛行機を投げ入れてくれた。

結姫の家が目と鼻の先だったのは、最高の幸運だったと思う。

『惺くん、この手紙を見て元気出して！　一緒に、やりたいことリストだよ！　あと、私が拾った大っきな松ぼっくりの欠片もあげる！　虫がついてたら、ごめんね～』

そこに書かれた楽しい言葉やエピソード。

こんなことができたら楽しそうというリスト。

テープで手紙に貼りつけられた松ぼっくりのイタズラ。

そして、結姫の書いた将来の夢を見て――笑顔を取り戻せた。

僕はお礼の言葉と、結姫の病気の状態はどうなのかと書いた紙を投げ返す。

親の目を忍んで結姫がしてくれた気遣いに、ずっと救われてきたんだ。

あれがなければ僕の弱い心は、今より壊れてたかもしれない。
いつの間にか、結姫が紙飛行機を飛ばしてくれる時間が楽しみで……。
少し遅れると『結姫の体調、大丈夫かな？』と、不安でたまらなくなってた。
結姫との時間が、僕の全てだったんだ。
小学校六年生になると僕の両親は、さらにピリピリし始めた。
中学校受験が迫っていたからだ。
放課後、四人で遊んでると——
『——優悍、何をしてるの！』
『こんなスケジュール、父さんたちは組んでないだろう⁉』
母さんと父さんは、車を飛ばして迎えに来た。学校だろうと、公園だろうとだ。
大人の怒声に慣れてない僕以外の三人は、恐ろしそうに固まってたのを覚えてる。
『君たちが優悍を連れ出したんだな⁉　親御さんに文句を言わせてもらう！』
睨(にら)みつけるお父さんに、僕は友達への申し訳なさで一杯になった。
そんな中——
『——それでもいい！　おじさん、おばさん！　悍くんのことも考えて！』
結姫は小さな身体でも、涙を堪(こら)えながら立ち向かってくれたんだ。
『優悍のことを考えてるからだ！』

『考えてない！　惺くんの顔を見て!?　こんなのが幸せなわけないもん！』

『これだから子供は……。大人に逆らうんじゃないの！　今しか見てないのね。私たちは優惺の将来を心配してるのよ！』

『今が泣きそうなのに、将来は幸せになるの!?　そんなの、おかしいよ！』

輝明と凛奈ちゃんが震える中、結姫は——むせ込みながらも反論してくれる。

それは嬉しくもあった。

だけど……病状が悪化してる結姫を思うと、凄く辛いことでもあったんだ。

だから
『僕は二人の期待に応えられるように頑張る！　だから大切な友達に酷いこと言わないで！　帰ったら、いつもより勉強も頑張る。中学受験も、ちゃんと頑張るから！』

そう叫ぶと、効果は抜群。

僕の言葉に満足したのか、父さんや母さんは満足気に僕を車へと乗せた。

走り去る車の窓から外に視線を向けた時
『ごめんね』

と何度も口を動かして見えた三人の姿は、忘れられない。

それから僕は、宣言通り必死に両親が求める結果を残そうと頑張った。

だけど、世の中は厳しい。

頑張っても報われないことがあるんだって学ぶことになる。
『……ごめん、なさい』
不合格と映しだされたスマホをテーブル中央に、父さんと母さんは頭を抱えてた。
僕は俯きながら、ひたすら泣いて謝った。何か喋ってくれるようにって……。
『……やっぱり、あなたの教育方針が悪かったのよ』
『……ふざけるな。あちこち学ばせて、勉強に集中させなかった母さんが悪いだろ』
『何ですって!? いつも仕事が仕事がって、まともに面倒も見なかったくせに！』
『この家も生活費も、優惺の学習費だって全部俺が出してるだろうが！』
家庭の崩壊は、一瞬だった。
『ごめんなさい……。僕が、期待に応えられなかったせいで』
そんな呟きも、関係ない話にまで喧嘩が及んだ二人の耳には入らない。
いつもは僕が謝れば収まっていたのに、無駄だった。
泣きながらベッドに入り、夜通し響く両親の怒鳴り声や溜息にビクビクして……。
『ごめんなさい……。僕がダメなせいで。ごめんなさい、ごめんなさい』
ひたすら、謝り続けるしかなかった。
『輝明、凛奈ちゃん。……結姫。ごめん、本当にごめんね……』
ベッドの中で、友達にも謝り続ける。

結姫たちは僕が結果を出して落ち着くのを待ち続けてくれたのにな。

だけど何もかもが上手くいかない、期待を裏切る結果に終わった。

そんな日々に鬱々としながら過ごしていると、母さんに家から連れ出された。

大きな鞄を持ち、手を引かれた先にあったのは――

『――優悍。ここが新しい家よ。狭くて古いけど、高校受験に成功したら母さん、一日中のお仕事に戻るから。沢山稼げるようになったら大きい場所へ引っ越しましょう』

今までの家と比べると、リビングの半分もないような小さいアパートだった。

『……お父さんは？』

『忘れなさい。別居中は血の繋がった他人と思うのよ。……お母さんじゃダメだって、優悍も言うのかしら？』

ダメだなんて、言えるわけもない。

虚ろな瞳をした母さんに、そんなことは言えなかった。

幸いだったのは、引っ越し先のアパートが同じ狭山市だったから――

『――悍くん！　おやつ持ってきたよ！』

『……結姫』

『そんな泣きそうな顔しないの！　ほらほら、お邪魔しま～す』

結姫が頻繁に会いに来てくれたことだ。

母さんは金欠だったのか土日にも仕事を増やし、結姫が目を忍んで会いに来てくれる機会も引っ越し前より増えた。

『結姫……。何で結姫はさ、僕から離れないの？』

『ん？　離れるって、どういうこと？』

『凛奈ちゃんとか……。他の同級生と一緒に遊ばなくていいの？』

中学生になった僕は、完全に孤立していた。

元々、同じ地域の小学生が集まる中学校だ。

僕が期待に応えられず受験に失敗して、両親がさらに荒れて危ないから近付くなという噂話も、ご近所伝いで知れ渡ってる。

そうでなくとも、陰気な僕の周りに近寄る人なんていない。

輝明も、どんどんと明るく格好良く成長して、いわゆる陽キャグループにいた。

そんな輝明や、その周りと話すのは身が縮むようで……。

教室の隅で黙ってるのが、僕には居心地良かったんだ。

そんな日々を続けてたら、もう誰も話しかけてこないのは当然だよな。

小学生の凛奈ちゃんは勿論、輝明も僕から離れた。

結姫だけが、傍に残ってくれて……。

変わらず僕と接してくれるのが、不思議で仕方なかった。

『私が悍くんと一緒にいたいからだよ！』

『……そんなわけ、ないじゃん。期待を裏切って、迷惑かけてばっかりの僕なのにさ』

『本当なんだけどなぁ。……あとね、私も身体が辛くなってきちゃってさ。皆と遊ぶと、すぐに息切れしちゃうんだ……。病気の状態、よくないみたいでね』

結姫の病気は、どんどんと進行していた。

僕は、それが辛くて……。泣き虫だから、話を聞くたびに涙を流してたっけ。

『最近ね、私が遊ぼうって言うと、皆が気まずそうにする雰囲気が分かるからさ。……悍くんだけだよ、私がどうなっても一緒にいてくれるのは』

『そっか……。じゃあ僕が塾に行くまで、一緒に勉強しよっか』

『え、いや、私は隣で動画観てよっかな？　悍くん、応援してるよ！』

ただ隣にいるだけで、満たされた。

噂に聞く幸せな家族ってのは、きっとこうなんだろうなって。

まるで妹みたいな結姫の病気が進行して……。さらに苦しそうになったのは、中学校に入学したぐらいか。

『結姫、調子はどう？』

『あ、悍くん！　お見舞い来てくれたんだね。大丈夫、呼吸も落ち着いてきたよ～』

結姫は、かなり頻繁に入院するようになってた。

今まで問題なかった運動で発作が起きたり、突然倒れることもある。

『良かった。病室の外で、おばさんから聞いたよ。また学校で突然、倒れたって……』

『うん。少し階段走っただけなのにね。最近、友達になったばっかの子に迷惑かけちゃった。もう話してくれないかなぁ～……。私の傍にいると何が起きるか分からなくて、怖いよね』

『結姫が迷惑に思われるなんて想像したくないな。少なくとも僕にとっては結姫が救いなんだ。病気、完全に治ってほしいね。そうすれば結姫は、学校一の人気者だよ』

『ありがとう！　そうなるように私も頑張るよ！　凛奈も最近はバドミントン部の子と話してるからさ。面倒なスクールカーストとかグループもあるし、無理して今の私側に巻き込みたくないんだ。やっぱ私には、惺くんしかいない！』

先天性の不治の病で、年々進行していく症状。次々と去っていく友達。

凛奈ちゃんも部活に入ったらしくて昔みたいに一緒にいれる時間も減ってる状況。

学年の違う僕にできることは少ない。

結姫の様子がおかしかったり何かあったら、お見舞いへ駆けつけるぐらいだ。

こんな状況、結姫が辛くないはずがない。

話せる限り、弱音も話してほしい。泣きたくなる時だってあるだろうけど……。

『結姫はすぐ涙目になるけど、絶対に涙を流さないよね？　どうして？』

『だってさ、悔しいじゃん』

『悔しい？　悔しくて悲しいから泣くんじゃないの？』

『涙が溢れたら、溜め込んでた弱音とかも溢れちゃう。病気に負けたみたいで、悔しい！　それに私が泣いたら、心配してくれる人たちが凄く辛そうなの。周りに嫌な思いをさせたくない。だから、泣いてなんかやらない。全力で笑いながら生きてやるぞって決めたんだ！』

そうだ、結姫は……中学校一年生の頃から、こんなにも強かった。

病気を抱えて、それでも諦めず生き抜いてきたからかな。

年上の僕が憧れる程に眩しくて……。

暗い僕とは、別の生き物みたいに見える。

『惺くんは私の幼馴染みなんだから、頼ってね！　一緒に楽しく笑えるようにさ！』

輝く笑みを向けてくれる結姫を見て、僕は決意をしたんだ。

誰に見捨てられても、他ならぬ自分自身が僕を諦めても……。

結姫の笑って幸せになれる未来だけは、諦めない──。

「──ふむふむ。空知さんの過去、覗き見させていただきましたよ」

ここは……。星空が封じ込められたような大量の瓶が並ぶ棚。木製の床に、天井。

あの、謎の店だ。

何で僕は、過去のことを思い出してたんだ……。

まさか僕の過去を無理やり見た、とか？

いや、そんなはずがない。

単純に僕が現実逃避して、過去を思い起こしただけだろう。

「この上、唯一の救いだった市川結姫さんまでも約束を守れず失いそうになっているとは」

「……結姫」

「実に、お辛い境遇です。まるで星一つの希望すらもない夜闇のようだ。誠に私好みの半生ですねぇ。実は人の生き方を見るのが大好きなコレクターなのですよ、私は」

「……さっきの言葉――命の輝きも取引できるってのは、本当ですか？」

僕の問いに、カササギは顎に手を当てて動かない。

「結姫の寿命も……取引できますか？」

これしか、今の僕が求めるものなんてない。

そんな当然なことなのに、カササギは大袈裟(おおげさ)なまでに深々と頷(うなず)いた。

「答えは――勿論。とはいえ寿命となると命の取引ですからねぇ。空知さんにとって大変なものを求めますよ？」

どれだけ怪しくても、結姫が助かる可能性があるなら諦めない。

結姫の命を救える程の物……。

こんな僕でも何か渡せる対価がないかと考えた時、一つしか思い当たるものがなかった。

「寿命を——僕に残ってる命。余命を、結姫にあげてください」

命と等価交換するなら、命だ。

当然の理屈だと思う。

「ふむふむ。自分の余命を結姫さんへ譲渡したい、と。それ程までに、お好きなのですね」

「当然です」

「彼女のどこが、お好きなので？」

結姫のどこが好きかって……。

「彼女は、僕の全てで……。生きる意味や理由なんだと思います」

そんなの、一つ一つ語れない。

「結姫さんの何が、空知さんにそこまでさせるのか。もう少し具体的に教えてください。お付き合いをしたいのですか？」

「……輝く彼女に僕が相応しいなんて、思い上がれません。家族のような愛情です」

「ほうほう、心底では家族愛を求めていそうな、空知さんらしい答えですねぇ」

「両親や皆が離れていっても、結姫だけは僕を見つめ続けてくれました。期待を裏切り、両親が別居する理由をつくるような情けない僕でも……結姫だけは、傍にいてくれたんです」

口が止まらなくなってきた。

胸に溢れる想いが、言葉を吐き出すと飛び出てくる。

「自分が病気で苦しんでて……。行きたい場所リストとか、やりたいことリストとかも作ってるのに……。心配かけないようにって、結姫は我慢してきたんです」

小学校の頃、書いた結姫の目標、病気が治ったらリスト。

どれも達成できずに夜空の星と消えるなんて——未練があるに決まってる。

「結姫はリスみたいにちょこちょこと動いて可愛くて明るくて……。皆に好かれてる。それでいて、僕のような人間にも優しい。本当に、いい子なんです」

「なるほど、なるほど。それで？」

「そんな子が不便な生活を耐えて治療生活をしてたのに……。高校の制服を着て入学式に出るって、普通のことすらできないとか……。あんまりじゃないですか」

病室のベッドの上で、結姫の呼吸が弱くなっていく姿が思い浮かぶ。

いくつもの点滴とか酸素マスクに繋がれて——それでも、涙を流さず笑ってた健気な結姫の姿。

そんな光景に耐えきれず病室を飛び出した自分の情けなさが許せない。

病気が治って自由を取り戻せれば、きっと結姫は笑えるだろう。

やりたかったことが全てやれて、未練も少なくなるはずだ。

「結姫が笑ってくれる以外に生きる意味も理由も分からない。彼女のためなら僕は、消えても構わないんです」

難しい取引なんだってことは、カササギの言葉で分かってる。

「お願いします、どうか僕の寿命――余命を結姫に渡してください！」

だから僕は、必死に頭を下げて願うしかできない。

結姫が幸せになれるなら、寿命も何もかも惜しくない。むしろ、喜んで渡す。

お願いだ……。この取引を受け入れてください。

カササギは、ふぅと溜息を吐いた。

その溜息が両親の失望した時の溜息と重なって、身体がビクッと震えてしまう。

ダメ、なのか？

「勤勉さや輝きとは、対極な方ですねぇ……空知さんは。まるで虚無だ」

ツカツカと床板を踏みしめる音だけが聞こえる。

僕に出せる最大のものは既に差し出した。

もう頭を下げ続けて情に訴えるしか手はないのに……っ。

何とか、何とか取引を受け入れてもらえる手段はないのか⁉

このままじゃ、結姫が――

「――良いでしょう。契約成立です」

「……ぇ？」

「空知優惺さん。あなたの余命を――市川結姫さんへと譲渡いたします」

僕が顔を上げると、カササギは一つの瓶を手に笑みを浮かべていた。

仮面で覆われていない口元が半月状に歪んでるのは……何でだろう。

「この瓶に現れている通り、空知さんは私の求める美しい人生の前提条件を満たしておりますからね」

求める美しい人生の前提条件って、何だ？

他に陳列された瓶のように、夜空の星々を閉じ込めたような輝きは――僕にはない。

あるとすれば、その夜闇のような暗さだ。

つまり、瓶に込められる闇は僕。輝きの担当は結姫なのか？

僕の人生は、僕のものだけじゃない。生き方なら、周囲の人々も関係するだろう。

結姫を映えさせる役割が僕なら妥当、いや光栄ですらある。

「何も持たないからこその可能性を感じます。先程も申し上げましたがね？　私は、そういった人の生き方を眺めるのが大好きなのです。趣味を兼ね店を開いてしまうぐらいに」

言ってることは謎めいてる。

それでも——僕の命を結姫に渡して、救ってくれることだけは分かった。

彼の正体が天使でも悪魔でも……何でもいい。

結姫が助かるだけで、僕は満足だ。

「取引をしてくれて、ありが——」

「——おっと？　安心するのは、判断がお早いですねぇ」

「……ぇ？」

仮面から覗く口元が、半月のようにニヤリと歪んでる。

何だ、どういうことだ……。取引は、成立したんじゃないのか？

結姫を助けて、笑顔と幸せを取り戻してくれるんじゃないのか？

「果たして空知さんが取引相手として相応しいのか。お試し期間です」

「……お試し期間？」

「ええ。取引には信頼と実績が必要ですから。——まずは一年間分。空知さんの寿命を結姫さんへ譲渡いたしましょう。私の求める対価をいただけるのであれば、ですが」

一年間だけ？　つまり結姫の余命は、一年だけということか？

「何度も申し上げた通り、ここは対価次第で何でも取引ができる店です。逆に言えば、対価が支払えない、あるいは妥当ではないと判断すれば、即座に取引は終了。一年の期限を待たずして、契約を打ち切りにさせていただきます。この生き方を表す星が消失したり、ね」

それは――結姫が一年すら生きられなくなる可能性があるってことか？

そんなの絶対にダメだ！　結姫にだけは絶対に生きてもらいたい！

僕に差し出せる、寿命以外の対価……。ダメだ、思い浮かばない。

「対価って、何を支払えばいいんですか？」

「それを自分で見つけるからこそ、意味があるのですよ。虚無なる空知さん？」

意地が悪いのか、取引相手として試しているのか？

本当に、悪魔のように見えてきた。

だけど結姫を助けるためなら、文字通り悪魔にでも魂を売る。

「ふむ、難儀(なんぎ)してそうな顔ですねぇ。ヒントぐらいは、差し上げましょうか」

「ヒント？　ぜひ、お願いします！」

「そうですねぇ。ヒントは――大量に陳列された瓶と、私が抱えている瓶でしょうか」

「……瓶？」

視線を巡らせると、陳列された瓶はどれも輝きが揺らめいて美しい。

それに比べてカササギの持つ瓶は──ただの暗い闇が詰まっただけの瓶に見える。

「あなたの人生は夜闇という一つの条件を満たしているからこそ、当店へお呼びいたしました。あとは、人生の輝き……。それも、棚に並ぶ瓶のような、ね。私が好きと言ったものを、ぜひ思い出してください」

楽しそうに手を広げながら、カササギは僕を見つめる。

そしてゆっくり頭を下げると
「それでは来年の七夕で再会できることを祈っております。お望みである余命全ての譲渡を私が認めるよう、自分で考え行動してくださいね？　私は、いつでも見守っております」

口元を微笑みで半月状に歪めながら、別れを切り出してくる。

徐々に遠ざかっていくカササギに「待って」と口にしようとしても、無駄だった。

激しい目眩に襲われ、目を閉じてしまう。

結姫の命を救うため、目を開けなければ──。


「──……。ここ、は。病院の、前？」

あれは、夢だった？

何もなかったかのように、遠くからは入間川七夕まつりの音が聞こえる。
立ってる場所も、何も変わってない。
まるで時が止まっていたかのようだ。
全て嘘や幻の出来事だったとしたら……。
いや、もしも本当だったならば！
「――結姫！」
気が付けば病室に向かい足が動いてた。
エレベーターを待つ時間も惜しい！
階段を駆け上がれ！　結姫の命が助かってる可能性があるなら！
あの不思議な世界が現実で、結姫が笑える可能性があるなら……。
怖い。幻だったら、怖くて仕方ない。
それでも可能性がゼロじゃなくなったなら、確かめなきゃ！
「結姫、結姫……っ！」
足が重い、肺が痛い、でも――立ち止まるな！
病棟が、ザワついてる？　忙しなくスタッフが動いてる。
結姫の病室の前に、多数のスタッフが詰めかけてるのが見えた。
どういうことだ。まさか、今この瞬間に結姫の鼓動が消えかけてるのか!?

「通して、すいません！　通してください！」

人混みをかき分け、病室に入る。


「――……惺くん？」


ドクンと、心臓が音を立てた。

ベッドの上で力なく横たわっていた結姫が、上体を起こして僕を見つめてる。

不思議そうな表情をしている結姫に、ふらふらと近付き――手を握る。

温かい？

生きてる……。結姫は、生きてる。助かったんだ！

忘れていた呼吸が、今さらのように荒く息を始めたのを感じた。

「――結姫……っ！　助かって、良かった！　本当に、良かった！」

「惺くん！　私、どんどん前が暗くなっていって……。惺くんの声も、温もりも遠ざかっていってね……。怖かった！　もう会えないのかって！　死んじゃうの、本当に怖かったよ！」

「もう、大丈夫だから……。結姫は、大丈夫だから……」

「ああ、神様っているんだね……。また惺くんに会えて、良かった！」

喜ぶ結姫を、思わず抱きしめてた。

ああ、間違いない。勝手に涙が溢れてくる……。

結姫の命を示す脈が、トクントクンと一定のリズムで動いてる。

結姫は、まるで奇跡のように——まさに奇跡で、命を取り戻した。

医学的に、もう手はない。確実に最期の瞬間だった状況からだ。

胡散臭いカササギという存在は、夢でも幻でもない。

間違いなく、命の輝きすら譲渡できてしまう人外存在がいるんだ——。


誰もが『怪談』や『奇跡』と噂するような出来事から数日後。

「結姫、退院おめでとう」

「惺くん、迎えに来てくれたんだね！」

病院の前で待っていた僕の元へ、結姫が小走りで駆け寄ってくる。

小さい身体を目一杯に使って、喜びを全身で爆発させたように。

走っちゃダメだろうと駆け寄りたくなる。

だけど結姫の両親は、涙ぐみながらその様子を見守ってた。

「惺くん、私は自由だよ！」

「えっと……。走って大丈夫、なの？」

「うん！　検査したんだけどね、今までの異常が全部消えてるの！　まさに奇跡で、説明がつかないってさ！　お医者さんが難しそう～な顔をしてたよ！」

「それは……。うん、良かったね」

　お医者さんには申し訳がない。

　きっと、どれだけ説明をしても理解はされない。僕が病気を疑われるだろうね。

「優惺くん。これから時間はあるかな？」

「おじさん。はい、ありますが……」

「良かったわ～。これからね、家で結姫の退院祝いをするのよ。優惺くんも遠慮しないで食べていって。入間のアウトレットで大量に買い込みに行くからね」

「楽しそう～！　惺くんは何が食べたい？　私はフルーツたっぷりのホールケーキ！」

「大きいホールのまま食べる気なの？」

「入院してた間、甘い物ほとんど食べられなかったんだよ？　甘い味が恋しいの！」

　結姫のお腹が心配だ。

　満面の笑みで跳ね回る結姫を見てると、本当に寿命が渡せて良かったと思う。

　僕にとって、結姫の笑顔は——全てだ。生きる意味であり、理由だ。

　それにだ。

　結姫の笑顔の輝きこそ、カササギが持ってた瓶に詰められた輝きに違いない。

おじさんが運転する車に乗り、僕は結姫の隣へ座ることになった。

「結姫。何をしたら笑えるかな？　これから何をやりたい？」

「急にどうしたの、惺くん。気が早いよ」

「結姫に笑ってほしくて……。いや、笑ってもらわなきゃ困るんだ」

自由奔放に動き回る結姫を見て、半ば確信した。

カササギの求める対価とは、結姫の眩しい笑顔だろう。

あの瓶に詰まってた星々に負けないぐらい、結姫の笑顔は美しいんだから。

「困る？　ん〜……。すぐには思いつかないなぁ」

「そっか。何か僕にできることがあったら、すぐに言って。何でもするから」

「……惺くん？　何をそんなに急いで、私を楽しませようとしてくれてるの？」

「……秘密」

首を傾げる結姫に、言葉を濁すしかない。

まさか、結姫にカササギの話をするわけにはいかないだろう。

多分、信じてもらえないはずだ。それぐらい、おかしなオカルト話だから——。

買い物を終え、結姫の家へ一緒に入った。

何だか、僕まで家族かのように錯覚する。

「さて、それじゃ張りきって料理をしましょうか」

「あ、僕も手伝いますよ」

「優惺くん、無理しないでいいのよ？　お客さんなんだから、ゆっくり座ってて」

「何かしてないと落ち着かないので。それに家では、家事も自分でやってますから」

僕は今の——ほぼ母さんが帰ってこないアパートで、一人暮らしのように家事をする自由な生活を気に入ってる。

市川家みたく特別嬉しいことがない代わり、全て自己責任で嫌なことも少ないから。

今年、僕が高校受験にも失敗したことで絶望した母さんは、自分の実家に帰った。

ほぼアパートに来ないけど、僕が困らないように生活の支援や連絡はしてくれるから充分かな。

心配したらしい祖父母からは、毎日のように生存確認の連絡がくるしね。

期待を裏切り続け家庭崩壊の原因になった僕を母さんが見放しても、仕方がない。

「そう。高校一年生で家事までしてるなんて、やっぱり偉いわね」

「いえ、最低限のことしかしてませんよ。それでも下拵えぐらいは手伝えますから」

「惺くんがやるなら、私も手伝うよ！　洗い物と味見は任せて！」

宣言通り、結姫は僕たちが作るものをパクパクとつまみ食いした。

結姫が味の様子をみながら、おばさんと料理を作っていく。

結姫は途中から、おじさんと『退院祝い』と書いたバルーンを飾ってた。

手持ち無沙汰だったのかな。

「はい。できた料理から運ぶから、皆も手伝ってね～」

おばさんが一声かけると、おじさんも結姫も飛んでくる。

この素晴らしい光景も、カササギへの対価になってるかな？

食卓へ並べ終えると、「退院おめでとう」と結姫へ祝ってから食事に手をつける。

「う～ん。美味しい！　九十八点！」

「残り二点は？」

「私が料理に参加してないとこかな！」

「つまり実質、百点だね」

結姫が満足してくれたから、僕も満足だ。

この時間を永遠にするためにも――

「――健康になった今、何がしたい？　何をしてほしい？」

「悍くん、またそれ？　何をそんなに、焦ってるの？」

「……それぐらい真剣なんだ。本気で結姫に笑ってほしいんだよ」

結姫は僕が尋ねた言葉に首を傾げてたけど、君の命がかかってるんだ。

変に思われても構わない。それだけ僕にとって大切なことだ。

　僕の気持ちが伝わったのか、結姫は鼻を触りながら考え込み
「……正直ね、死んじゃうって確信した時、未練が頭にあったの。やりたくても病気のせいで、やれなかったこと」

「今は自由にやれるようになったんだ。何でも言ってよ」

「惺くんとね……。行きたかった所が、沢山あるんだ。でも、今の一番は別かな？」

「今の一番は？」

　尋ねた僕の言葉に、結姫はニパッと笑い
「惺くんと同じ高校に入学したい！　つまり、受験勉強！」

　弾む声で、そう言った。

　そうか……。結姫は、このところ入退院が多かったからな。

　授業は飛び飛びで聞くことになって、理解できず苦々しい思いもしてたのかも。

　受験生の夏。

　周りから置いていかれる状況なら、一番の願いがそれでもおかしくはないか。

「分かった。僕が使ってた参考書とか、受験で出た問題を――」

「――直接、惺くんに家庭教師を頼んだら……さすがに迷惑、かな？」

「……ぇ？」

結姫の家庭教師に、僕が？

僕の家に来るにしても、結姫の家に行くにしても……。

いくら幼馴染みとはいえ、異性だ。頻回に長時間過ごすのは、どうなんだろう？

それに僕は、受験にも失敗して皆を裏切り続けてきた人間なんだぞ？

おばさんや、おじさんが心配して、結姫にも嫌な思いをさせるかも……。

目線を二人へ向けると
「優惺くんの家庭教師とは、ラッキーだな」

「ええ。色んな意味で良かったわね、結姫」

「うん！　最高！」

予想外に好反応だった。

二人とも、人が好すぎるよ。警戒とか、しないのかな？

「あの……」

「あ、もちろんだがね、優惺くん。迷惑だったら、断ってくれていいからな」

「時給は払うわよ？　アルバイトと思ってね。私たちも結姫の望むことをしたいから」

「あ、いや。迷惑なんかじゃありません。お金も結構ですので。……僕も結姫の望みを叶えたいですから。僕でいいなら、全力でやらせてください」

結姫や家族がいいなら、僕に断る理由はない。

他ならぬ結姫が望むことなんだから。実力が不足していようと、頑張るしかない。

絶対に、結姫が笑える未来に繋げてみせる。絶対にだ。

「やった、決まりだね！　安心した〜。これで惺くんと一緒に高校生活が送れるね！」

来年も、再来年も、将来にわたって、もう病気に悩まされないと結姫は信じてる。

だけど、僕は知ってるんだ。

対価を払えなくなれば――ここにいる結姫は、瞬く間に死の瀬戸際に逆戻り。

来年の七夕にカササギが契約を更新してくれなければ、一年限定の命だ。

そんなことは、絶対にさせない。させてたまるか。

無事に契約を更新してもらえれば、来年こそ結姫は僕の代わりに生き続けることができるように交渉する。僕は死ぬことになるけど、結姫のためなら問題ない。

受験が終わったら、結姫が本気で笑える場所に行く必要もあるな。

どこに行くにしても、お金はいる。アルバイトも始めよう。

「僕、頑張るから。結姫は、沢山笑ってね」

「え？　私も当然、頑張って受験勉強するよ？」

「……そう、だね」

言葉の意味が伝わる必要はない。

僕の決意表明だ。

最後まで僕を見捨てなかった、唯一無二の存在。

君のためなら、何でもしよう。

さしあたり、まずは受験勉強だ。

楽しみにしてる高校入学式を迎えさせてあげなければいけない——。


退院祝いから翌日。

僕は通ってる県立狭山高校へ登校した。

いつも通り、俯きながら教室への廊下を歩いていると——


「——結姫ちゃん、病気治ったんだってな。本当に良かった」


すれ違い様、そんな言葉が聞こえた。

「……え？」

振り返ると、一人の男子生徒の背中が目に映る。

「輝明……くん？」

小学校の頃までは仲が良かった幼馴染み。

同じ中学、高校と進学してたけど……。声をかけられるなんて、何年ぶりだろう？
もう彼は、陽キャ集団と合流して楽しそうに話してる。
「……小学校の頃とは違うんだ。仕方ない」
すれ違いながら声をかけた理由にも、納得ができる。
僕と話してるなんて、陰キャの仲間だと周りから思われると考えたんだろう。
スクールカーストが違うんだ。
無邪気な小学生の頃と関係性も変わるのは、諦めるしかないことだ――。

誰と話すこともなく迎えた昼休み。
騒がしい教室じゃなく、気楽に一人で食べられる体育館裏へとやってきた。
「いただきます」
おにぎりと卵焼き、少しの温野菜を自分で詰め込んだ弁当箱を開く。
流れる雲を一人で見つめてると、今朝に輝明から声をかけられたことを思い出す。
かつては仲良し四人組と呼ばれた――輝明や凛奈ちゃん。
いつからだろう？　思わず呼び捨てじゃなくなるぐらい、距離が離れてた。
成長するに従って、どうしても学内ヒエラルキーというものは無視できなくなる。
陽キャ集団は上に立ち、僕みたいなのは大人しくしてるしかない。

幼い頃に親しかったからって、成長して立場が代われば交流がなくなるのも当然だ。

「……結姫なら、来年は輝明くんみたいな陽キャとも仲良くやってるかな。動けるようになったし、また凛奈ちゃんとも昔みたいに戻れるかも」

思いを馳せると、凄く馴染んだ。

楽しそうに幼馴染みたちや友達に囲まれ笑う結姫の姿。

いいな……。最高だ。その光景を、ぜひとも見たい。

結姫が生きてるからには、取引継続の対価は払えてるんだろうけど……。

どこか、不安が拭えない。

夜闇のような暗さと、瞬く星のように輝く生き方がカササギの求めているもの。

それは聞いたけど、気になる部分もある。

対価とは何か、カササギは僕自身が考えろと言った。

ヒントは、『瓶の中の輝き』と『人の生き方を見るのが好き』という部分。

瓶の中の輝きは、結姫の笑顔で合ってるだろう。合ってるはずだ。

だけど人の生き方という部分が引っかかる。結姫が笑えるような生き方のサポート。

僕の余命を差し出し、結姫の笑顔を最大限に取り戻す。

本当に僕は――これだけしてれば、いいのだろうか？

まるで嫌がらせのように詳細な答えを明言されなかったから、心配が消えない――。

通院も落ち着き、結姫は再発の兆しはないと診断された。

安心して結姫も受験勉強に臨める。

そういうわけで、僕も家庭教師として結姫の部屋へ通うようになったんだが……。

「悍くん、ここも分からないよ～……」

「そっか、よし」

「何か、いい手がある？」

「うん。中学校一年生の部分からやり直そう。そっちの方が理解が深まるから」

そもそも結姫は、通院で学校を休むことも多くて知識に穴が多い。

最初からやった方が結果的にいいだろう。

「悍くんの鬼～……」

「答えを教えてもくれない、ヒントだけの悪魔よりマシだと思う」

「何の話？　面白い話？」

「……面白くはないかな。不思議で、助かる話ではあるけど」

親の期待も何もかも裏切り続けた僕だけど、今回ばかりは期待に応えられそうだ。

失敗ばかりの人生だったけど、だからこそ人に教えられることもある。

勉強で苦労したからこそ、結姫が何に悩んでるのかも理解ができる。

つまり僕の今までは、結姫のこれからのためにあったんだ。

「結姫が納得して勉強できるように、受験で出る問題との繋がりを纏めてきたよ」

「え……。ノートが一杯。これ、わざわざ用意してくれたの？」

「うん。習った問題が本当に出るか分かれば基礎の勉強も退屈じゃなくなるかなって」

「それは、そうだけど……。大変だったんじゃない？」

大変、か。

結姫が求めた高校合格に繋がると思えば、何も感じなかったな。

「僕にできることなんて、これぐらいだから」

「悍くん……。ありがとう！　嬉しい！」

こんなことでも結姫は涙ぐんで笑ってくれるから、嬉しくてたまらないよ。

「よ～し、やる気が出た！　こっから、また全力で頑張る！」

「公式とか暗記系は、書きながら喋ると覚えが良くなるよ」

「そうなの？　どうして？」

「受け売りだけど、書くと喋るでは脳の別の部位を使うんだってさ。脳の二つの部位で覚えれば、悩んだ時にも浮かびやすいとか……」

塾か家庭教師か忘れたけど、そんなことを習った気がする。

「そういうもんなんだ！　よし、じゃあ虚しく独り言を呟くけど、気にしないでね！」

「僕に説明する気分でやれば、虚しくないんじゃない？」

「あ、その手があったか」

天才か、というような目で見てくる。

コロコロと表情が変わる結姫を見てると、飽きない。

思わず笑みが零れてしまう。

「惺くん、何か楽しかった？」

「うん、コロコロ変わる結姫の表情が」

「よく言われるなぁ、それ。……惺くん、私のことで笑ってばっかじゃない？」

「そうかな？　ちょっと覚えがない。それより、始めるよ」

おばさんやおじさんが任せてくれて、結姫も望んだ将来に辿り着くためだ。

無駄話で結姫が笑えるならって誘惑もあるけど……。

ここで家庭教師役の僕が負けるわけにはいかない。

いざスイッチが入ると、問題や答えを楽しそうに口へ出しながら勉強を始めた。

この結姫の笑顔、そして命を必ず守りたい。

家庭教師役を終え自宅へ戻る途中、母さんにメッセージを送る。

『アルバイト始めたいから、アルバイト許可証の保護者欄にサインが欲しい』

お米を研ぎ炊飯器へセットしてると、すぐに母さんから返事がきた。

『何で？　お金が足りないの？』

『遊びに行く費用を自分で稼ぎたい』

『分かった。書類を机に置いておいて。次にそっち行った時サインしておくから』

あっさりと許可が出た。

昔の教育熱心な母さんなら「そんな暇があるなら勉強しなさい」と言ってただろう。

「次に、こっちへ来た時か……」

母さんがアパートへ来るタイミングは分からない。何か規則性とかあるのかな？

最後に目を見て話したのは、いつだっただろう。今と昔、どちらがいいのか……。

自分でもハッキリしない、不思議な気分だ――。


結姫の退院から約三ヶ月。

途中、結姫が勉強に疲れて燃え尽きることはあったけど……。

何とか勉強習慣もつき、目標に向かって進み続けた。

そして迎えた、十月七日。

「結姫、誕生日おめでとう〜！」

おばさんの声に合わせ、おじさんと一緒にクラッカーを鳴らす。

「ありがとう！　何とか十五歳を迎えられたよ！」

満面の笑みを浮かべながら、ケーキに立てた蝋燭の火を結姫が吹き消す。

本当に、生きていてくれて良かった。カササギには、感謝してもしきれない。

この光景も見てるのかな。

これが対価……で、合ってるんだよね？

どうしても、失敗体験の多さで不安が拭えない。

「結姫、楽しい？　本気で笑えてる？」

「当たり前だよ！　何をそんなに心配してるの？」

「いや、本気で笑えてるなら、それでいいんだ。それが僕の幸せだからね」

「難しい顔してるよ？　お肉食べて惺くんも笑おう！　肉汁がぶわぁって凄いよ！」

こうして目を輝かせて興奮する幼い姿を見られるのも、まるで夢のような時間だ。

「さて、結姫。母さんと父さんからのプレゼントは渡したけど……。優惺くんからも、あるそうだぞ？」

「え、惺くんが!?　本当に!?」

「ほ、本当に……ささやかなものだけどね」

「どんなものでも全力で喜ぶよ！　松ぼっくりの欠片でも！」

「それは、いつか結姫が僕の部屋に投げ入れてくれたものでしょ」

懐かしい。

ちょっとした手紙と、その辺に落ちてる松ぼっくりの欠片で僕は心底から喜んだな。

おずおずと、鞄からプレゼントの入った箱を取り出し――

「――結姫、誕生日おめでとう。今年も迎えられて、本当に良かったね」

「わぁ、凄い！　ね、ここで開けてみてもいい？」

「開けながら聞くことじゃないよね」

子供か。

いや、今まで病気で心から喜べなかった分、爆発してるんだろうな。

そうだとしたら、この瞬間が愛おしい。

僕のラッピングした箱を開け
「お菓子セットと、イヤリング？　わぁ……。レジンの星、すっごい綺麗」

結姫は、細い声で呟いた。

「じゅ、受験勉強で、あんまり秋を満喫できないかなって……。紅葉とか、秋の夜空とか。色々と閉じ込めてみたんだ。見た目は楽しめると思うんだけど」

「え……。もしかして、このイヤリング惺くんの手作り!?」

「買えるプレゼントは、毎年あげてたからね。病気を乗り越えたから、ちょっと今年は挑戦してみたんだ。何となく、結姫はハンドメイドの方が喜ぶかなって気がしてさ」

念の為、買ってきたお菓子も混ぜてある。

入間のアウトレットまで自転車を飛ばして、一番喜びそうなのを選んだつもりだ。

イヤリングにしたレジンも初めて作ったから、上手くできたのかは分からない。

何度も何度も作り直して、結姫が一番笑顔になりそうなのを持ってきたけど……。

「惺くん……。ありがとう。大切にする」

涙目で口元を歪める結姫の様子を見ると、満足してもらえたっぽい？

それなら、良かった……。

ずっと、ずっと喜んでもらえるか不安だったから。

この表情を目にできて、やっと肩の力が抜けたよ。

「ずっと、ずっと大切に飾っておくからね」

「身に着けてよ。勉強中にも時間を使わず気分転換できるかなって作ったんだから」

「え～勿体(もったい)ない！　傷とか付いたら、ショックじゃん！」

「もし壊れたら、また作るよ。それだけ喜んでもらえるなら、いくらでも」

苦労なんてない。結姫が笑ってくれるなら。結姫が生き残ることに繋がるならね。

それが僕の生きてる意味で、理由なんだ。

「……惺くん、ちょっと私に尽くしすぎじゃない？　何か、ちょっと……」

「ちょっと？　僕に直せることなら、何でもするよ」

「いや、嬉しいんだよ!?　だけど、もっと自分のことも大事に……ね？」

自分のことも大事に？　どういうことか分からない。

「これが僕の幸せで、生き甲斐だから。気にしないで」

「ん～……。うん、分かった。今日は誕生日だもんね。特別と思って納得しておく！」

早速、イヤリングをつけて「見て！　似合うでしょ!?」と、おばさんやおじさんに見せびらかせてる。

三人とも、最高の笑顔だ。

手を振られて僕は、市川家を後にする。

独りで歩く夜道は少し物足りないけど、次は何をすれば結姫は笑ってくれるのか。

そう考えていれば、時間はあっという間に過ぎる。

「……今日も、母さんは帰ってないか」

急に静かになると結姫たちと過ごした楽しい時間が恋しくなる。

多分、ギャップに心がついていかないんだろうな。

そんな時は、写真や動画が元気をくれる。

お風呂に入り、掃除をしてから布団を敷く。

畳の上のスマホでは、結姫が楽しく笑う映像が次々と流れる。

ああ、いいな……。

結姫が生きてるんだって、実感ができる。

この映像を見てると、安心ができる。心の支えだ。ホッとして眠れる。
「……寿命の取引。余命契約、か」
今のままだと、結姫の余命は……あと九ヶ月。
それで結姫の生涯が終わったらと思うと、血が逆流するように気分が悪くなるよ。
ベッドの上で呼吸が弱まり目も見えなくなってく姿なんて、二度と見たくない。
寿命譲渡契約を更新してもらえるように、この笑顔を守ろう。
それで瓶の中の輝きみたいな人生を、カササギに見せられるはずなんだ——。

二章　思い出の宝石と対価

十二月に入り、寒い気温とは裏腹に、いよいよ受験に向けて熱も高まってきた。

突っ走り続けてきたから、結姫も息切れ気味だ。

何とかしないと、と思っていると
『受験勉強、飽きた。そろそろ遊びたい。また病気が再発した時に、後悔しないように遊びも必要だと思うの。せめてクリスマスイブくらい、一緒にどっか行きたい』

そう、メッセージが送られてきた。

だいぶ弱ってるな。まぁ、当然か。

「病気の再発なんて、絶対にさせないよ。来年も、その先も、結姫がずっと笑って過ごせる寿命をプレゼントするから」

そうは言っても、カササギとの取引契約を話せば結姫に要らぬ心配をかける。

だから『再発のことは気にする必要はない』とも言えない。

勉強での疲労とか受験のプレッシャーもあるだろうし、不安にもなるよな。

何とかしてあげたいけど……。

「結姫が喜んでくれそうな場所、か」

どこがあるだろう。

結姫は、何を望んでただろうか。

昔、僕が苦しんでた時に部屋へ投げ入れてくれた、行きたい場所が書かれた手紙を開く。
クリスマスイブに綺麗な景色を見たいという文が目に入った。
今までの結姫は、少しの気圧変化でも体調を崩してた。
だからこその願いだろうけど、これも果たせなければ未練になるか。
「丁度いいところを探さないと。結姫が喜びそうな、綺麗な景色……」
スマホで検索をしていく。
体調が悪くなった時に対処が難しかったり、埼玉を離れるのが制限されてた結姫だ。
県外で新鮮な喜びも体験してもらえるような場所、ないかな。
「あ、ここなら喜んでくれそうかな？」
ああでもない、こうでもないとスマホの検索ウィンドウをいくつも開いたけど……。
やっと喜んでくれそうな場所を見つけられた気がする。
『探してみるから、ちょっと待ってて』
返信をすると、すぐに『やった！　楽しみにしてる！』と返ってきた。
写真や口コミだけで、行ったら残念だったら申し訳がない。
先に一人で下見に行くとするか――。
そうして迎えたクリスマスイブ。

「惺くんとお出かけ～！　しかも電車！　夢だった江ノ島！」

やたらハイテンションでスキップする結姫と一緒に、夕暮れの江ノ島に来ていた。

埼玉県狭山市から神奈川県藤沢市までの長い電車の旅も、長らく自由が制限されていた結姫にとっては苦痛じゃなかったようで安心だ。

誕生日に渡したハンドメイドのイヤリングが風に揺れて、流れ星みたいで美しい。

「う～ん、寒い！　埼玉より寒いね！」

「海沿いだから、風を遮るものがないんだろうね。僕の上着も着てよ」

「脱がなくていいよ、自分が風邪ひいちゃうでしょ!?　ほら、早く着て！　私の上着もファッションなんだよ？」

「そういうものなんだ。ごめんね。着る服とか、機能性以外は考えたことなくて」

一度脱いだコートに、もう一度袖を通す。

遮ることのない冬の風が、刺すようなチクチクした痛みを残し肌を撫でていった。

寒すぎて鼻が取れそうだ。身体の芯から震えて、止められない……。

慌ててコートのポケットに手を入れて冷えた指を温める。

「もう、そんなことしなくてもさ……。ほら、こう、暖まる方法あるじゃん？」

「え、ちょ、結姫？」

「何も言わないで。その、私も恥ずかしいから！」

兄妹同然の幼馴染みとはいえ――僕のコートのポケットに、自分の手を突っ込むのはどうなの？

冷たい結姫の手が僕の手と重なり、ポケットの中で徐々に温まっていく。

何というか、意識が手に集中しちゃって……。すごい、恥ずかしいんだけど。

いや、でも……。こんなに嬉しそうにしてる結姫の横で、テンションを下げるようなこと言えない。これで暖まって喜ぶなら、結姫の好きにさせるか。

「湘南の宝石ってイベントらしいよ。イルミネーションと海、両方見られるってさ」

「最高だよ！　潮風の香りなんて、もう何年ぶりだろう！」

イルミネーションは、まだ時間的に早い。

そうは言っても、遅くなるとおばさんやおじさんも心配するから、長居はできない。

移動時間の方が長くなっちゃうけど……。

それでも、これだけ喜んでくれてるなら、今回の企画は成功だろう。

「夕焼けの海……。綺麗だね」

息をのむように、結姫は目を丸くしている。

大勢の人が島に訪れてるけど、そんなの目に入らないぐらい、結姫の方が綺麗だ。

潮風に靡くマフラー。そして艶やかな髪がオレンジ色に輝いていて、目が離せない。

いや、離したくもない。

この世界に、これ程に目を奪われる光景があったなんて……。

鼻を突く潮の香りが一層強くなった。

「げ、幻想的だよね」

「幻想的？　どういう意味の言葉？」

「現実から離れたような空想や幻の……。ファンタジー世界みたいだなって意味だよ」

ファンタジーの度合いでいえば、僕はもっと凄い世界を見てしまってる。

だけど、あれは夕陽に照らされる結姫より美しくはなかった。

彼がコレクションしてるらしい瓶より、今の結姫の方が綺麗なんじゃないかな。

「へ～！　こんな所に来てまで勉強しちゃった！　でも、楽しい勉強だ。いつか夕陽が海に沈むところも、見たいな～」

「太陽は西に沈むから、日本海側に行かないとだね」

「日本海側かぁ。遠いね。世界地図だと、ほんのちょっとなのに……。二人で一緒に行けるかな」

「結姫は――……」

大丈夫という言葉を、必死に止めた。

カササギとの余命取引契約は――まだ、お試し段階だ。

しかも次の瞬間には、打ち切られるかも分からない。

結姫の笑顔を絶やさないうちは、大丈夫だと信じたい。

だけど求めてた対価の正解も分からないのに、適当なことは言えないよね……。

夕陽も完全に沈み海は暗く、夜空は星々が地上はイルミネーションが照らし始めた。

「ひとまず、イルミネーションがあるところとシーキャンドルを回ろうか」

「了解！　楽しみだなぁ～！」

江ノ島の海や街並みを一望できるシーキャンドルは絶景らしい。

どれだけ寒くても江ノ島の坂がキツくても、結姫は一歩一歩歩くたびに楽しそうだ。

それもそうか。

少し前までは、こんな環境では外を出歩く許可さえ病院から出なかったんだから。

島の傾斜を上り下りしながら、イルミネーションが飾られてるサムエル・コッキング苑（えん）とシーキャンドルの受付を目指し
「料金は、千百円!?　おおう、そ、それなりにするね～。やるじゃん？」

入口に書かれた看板を見るなり、結姫は唇を震わせながら言った。

大袈裟な反応が一々面白いのは、昔通りだ。

十五歳になっても変わらなくて、安心するよ。

「大人料金だからね」

「ん……。なるほど、大人扱いかぁ～！　そっか、そっか！　それなら仕方ない！

お小遣いに大打撃だけど、全然あり！」

大人扱いされるのが嬉しいのか、ニパッと笑みを浮かべた。

変わり身の早さも微笑ましいけど、お心遣いに打撃を受ける心配はいらないよ。

「はい、二人分です」

「え？　惺くん？　何でチケット持ってるの？」

どう答えればいいんだろう。

格好つけてというか……。事前にチケット買っておいて奢るとか、初めてで……。

何て言葉を返すのが正しいのか、分からない。経験と勉強が足りなかったな。

「……たまたま？」

「拾ったの？」

「そんなわけないでしょ。じ、事前に買ってたんだよ。結姫に負担かけたくなかった」

「えぇ!?　ダメだよ！　私たちは対等に！　絶対に払うから！」

腕でバッテンを作ってるけど、ここは譲れない。

お小遣いは、お菓子を買うとか受験勉強の気晴らしに好きなものへ使ってほしい。

「大丈夫」

「嫌だ」

「僕はバイトしてるから。いつか結姫も稼ぎ始めたらね？」

「ん～……。ん～……！　分かった。それなら、その時は三倍返しするからね！」

借金みたいに言わないでほしいな。

それに……。その時、僕がいるかは分からないんだから。

「そうと決めたら、全力で喜ぶね！　惺くん、ご馳走様！」

「ご馳走様って。ご飯を奢ったんじゃないんだから」

「じゃあさ、何てお礼を言って喜ぶのが正解なの？」

「……何だろうね」

よく考えると、日本語とかマナーって難しい。

「ま、難しいことはいっか。ありがとうの一言に全てが籠もる！　さ、行こう！」

病気が治ったからか、それとも受験勉強のストレスからかは分からないけど……。

解放感に満ちた表情で、結姫は入口を通ると
「惺くん、早く早く！」

「ちょっと、手を引かれなくても行くから」

グイグイと結姫は僕の手を引き、人が多い入口を小走りで駆けると
「あれ、兄妹かな？」

「まさか。顔も身長も全然似てないじゃん。女の子は可愛いのに、男の方は地味で冴えないじゃん？」

周りからヒソヒソと話す声が聞こえてしまった。

結姫の耳にも届いたんだろうな。顔がムッと変化した。

「——ちょっと、惺くんを悪く言わないでもらえますか!?」

「ゆ、結姫!?」

「惺くんは優しいんです！　あなた達みたいに、人を傷つけることは言わない——」

「——結姫、そこまで！　み、皆さん！　失礼しました！」

唖然とする周囲から逃げるように、結姫の手を引き走る。

結姫は、「まだ惺くんに謝ってもらってない」と暴れてるけど……。

もう充分に離れただろう。

しばらく走った頃には、結姫も僕も膝に手を突いて、肩で息をしていた。

走ったことで、少しは結姫もストレスが紛れただろう。

「おしゃれな場所は、僕に不釣り合いだったね。結姫まで変な目で見られて、ごめん」

「またマイナスなことを口にする～！　何度でも言うけど、そんなことないよ！」

結姫の隣に、僕みたいな地味で能がない男が釣り合わないのは事実だろうに。

本来、結姫みたいな子の隣には輝明みたいな人がお似合いなんだ。

客観的な人の目って、正直だよね……。

それでも結姫が喜んでくれるなら、僕はどうでもいいんだ。

「いつもマイナスなことばっかり言って、ごめんね。暗いのは、もう性だからさ」

「大丈夫、私が変えてみせるから！」

「……うん」

自分では、想像もつかない。そもそも、いつの間にか笑い方も遊び方も忘れてた。

あの噂をしてた人たちの言葉を、僕には否定できない。

今の僕に大切なのは、結姫の笑顔を引き出して長生きしてもらうことだけだ。

気を取り直して、イルミネーションへ向かい歩く。

まだ不満そうな結姫だったけど
「わぁっ！　すっごい、めっちゃ綺麗だよ！」

LEDで彩られたイルミネーションのトンネルを見るなり、瞳をキラキラ輝かせた。

「本当に、眩しいぐらい綺麗だ」

暗い病室じゃなくて、彩られた輝く世界で君が笑ってる。

夜闇を彩るイルミネーションに、笑顔。

ああ……。カササギが美しい輝きをコレクションしたがる理由も分かる。

これは、一生見ていたくなる程に尊いものだ。

「あれがシーキャンドル!?　今の私の身体なら耐えられる、よね？　エレベーターで上ってる最中に意識失わないかな？」

エレベーターが動いたり止まる瞬間のふわっとした感覚の時、結姫は血圧の急激な変化で気を失ったことがある。

それが今でも、トラウマのように心へ焼きついてるんだろう。

「今なら、大丈夫だよ」

不安そうにした結姫だけど、キュッと唇を引きしめて笑みをつくった。

過去に実際倒れた経験で怖くて仕方ないはずなのに、君は痛々しい程に強くあろうとするね……。

『涙を流したら、弱さも溢れ出しちゃう。それに周りも嫌な空気にさせちゃうでしょ？　そんなの絶対に嫌！　私は最期まで私らしくいるからね！』

過去に結姫が言った言葉が、頭に浮かぶよ。

だけど、今は大丈夫。健康な身体に戻ってるんだから。

階段で上る方法もあるけど、結姫はあえてエレベーターへ向かっていった。

挑戦を諦めない、負けず嫌いな結姫らしいなぁ……。

震える結姫は僕の着てるコートの裾を握りながら、ゆっくりとエレベーターに乗る。

不安そうにギュッと目を瞑ってる中、エレベーターが動き始めた。

まだか、まだかという結姫の心が伝わってくるように、手が小刻みに震えてる。

そんな結姫の肩を叩き

「結姫、目を開けてみな」

「……ぇ」

「よく頑張ったね。展望フロアだよ」

目をまん丸に開いた結姫は、「ぁ……」と小さく声を漏らした。

そうしてエレベーターから、小さく開けた世界へ一歩を踏み出し――

「――高い、凄い！　地上のイルミネーションも星も人も、海まで全部見渡せるよ～！　うわぁ……。これは確かに、宝石だ！」

嬉しいよね。僕も嬉しいよ……。

感動して涙ぐみながら、ガラス窓に張りつく結姫の元気な姿が愛おしい。

「こんな高い場所にエレベーターで上がるなんて、今までの私じゃできなかった……。惺くん、私は幸せ者だ。色んな綺麗なもの、もっと一緒に見て周りたいな」

感極まったような声が、心を震わせてくるな……。

結姫が幸せと感じてくれる。こんなに嬉しいことが、他にあるだろうか？

「来年も、それからも。結姫へ綺麗な景色を見せるよ。そうなるように僕が守るから」

「……惺くん？　私、もう守られてばっかの弱い子じゃないよ？」

「そっか、結姫は乗り越えてるもんね。僕は本当に、満足だよ」

カササギに余命契約の更新を、絶対にしてもらうんだ。

その決意を胸に、一緒にの部分は濁した。

入口でも言われたけど……。結姫の隣には、もっと相応しい人がいるだろう。

来年を手に入れたら、もっと釣り合う人がクリスマスイブには隣に立ってるかもしれない。

それに、だ。

僕は、この愛おしい光景を永遠で確実なものにしたいから――。

最後にヨットハーバーイルミネーションも見ていこうという流れになった。

真っ暗な海にイルミネーションで輝くヨットか。

「波でイルミネーションが揺れてるの、めっちゃ綺麗！　ここも素敵～！」

並べられたヨットの帆や結ぶロープとかに、大量のイルミネーションが灯ってる。

確かに。波で光が揺れるのは、固定されてる明かりより綺麗かもしれない。

「一緒に記念写真撮ろうよ！」

そう言えば、見とれるばっかりで写真は全然撮ってなかった。

スマホをインカメラにして手を前に出しては、違うなと首を傾げてる。

「自撮りで撮りたいの？」

「どうせなら全身で写りたいな。惺くんと身長差ありすぎて、上からじゃ写りがね？」

「無駄に身長が高くて、ごめんね」

僕が撮ろうかと提案するより前に、結姫はキョロキョロと辺りを歩きだした。

「どこがベストスポットかな～」

撮影方法より、まずはどこで撮るかを探し始めたらしい。

このマイペースさも、結姫らしくて微笑ましいな。

結姫の後ろをついていくと、ベンチに一人で腰かけてる男の人が横目に映った。

一人で黄昏れてるのか、スマホを見つめてる。服装的には……大学生ぐらいかな？

男の人が持つスマホのディスプレイに、パッと目がいってしまった。

冬の海辺には似つかわしくない、向日葵畑の写真だ。

綺麗だけど、どうしてここで向日葵畑の写真を見てるんだろう？

何かあったのかな……。

心の内でそう考えてるだけの僕と、結姫は違う。

好奇心を抑えられないのか
「うわぁ～っ！　綺麗な向日葵畑！　写ってるのは彼女さんですか!?」

「……ぇ？」

「写真撮るの、上手いんですね！　凄く綺麗な写真！」

「あ、あぁ……。その、僕は昔から、それだけを勉強してきたので」

止める間もなく結姫は男の人に声をかけてた。本当に人懐こいな。

まるで知り合いと話すかのように声をかけ、気が付けば友達になってる。

それが昔から結姫の魅力で特技でもあるんだってこと、改めて実感させられたよ。

僕なら初対面の年上になんて、声かけられないなぁ。

「へぇ〜写真の勉強、凄いですね！　よかったら、私たちも撮ってくれませんか!?

この人と一緒に写りたいんです！」

「僕が、ですか？　どうしようかな……。人はそんなに上手く撮れないと思うんです。

昔から、ずっと風景写真ばかりを撮ってきたから」

「大丈夫ですよ！　だって彼女さん、最高にキラキラ写ってましたから！」

「……そう、見えたんですね」

何で、そんなに儚く微笑むんだろう。

もしかして、悪いことを聞いちゃったのかな？

迷惑だったら申し訳がないけど……。

「と、突然すいません。この子、自由奔放で……。ただ、できるだけ願いは叶えてあげたくて、ですね？　その、一枚だけでも、お願いできませんか？」

「……分かりました。僕でよければ」

男の人は自分のスマホを宝物のようにポケットへしまうと、結姫のスマホを受け取った。

随分と本格的に「折角だから、構図は背景を活かしたいな」と、歩き回っている。

いい位置が決まったんだろうか。スマホをこちらへ向け頷いた。

「ほら、惺くん！　もっと寄って、屈んで！」

「ちょ、ちょっと。結姫、慌てないでよ」

小さな結姫が、溌剌とした声でグイグイと僕を引っ張る。

そんな僕らの様子を見ていた男の人は——凄く驚いたかのように目を丸くしてる。

一体、どうしたんだろうか？

「あの……」

「あ、すいません。それじゃ、構図も決まったので……。撮りますよ」

僕が声をかけると、ハッとした様子で再びスマホへと目を移した。

結姫に導かれるまま何となしにスマホへ視線を向け、フラッシュが焚かれた。

無事に撮れたのか、男の人は頷きながらこちらへ歩み寄ってくる。

手渡されたスマホのディスプレイに写る写真を見て、思わず目を奪われてしまった。

「うわぁ！　すっごい、写りがいい！　イルミネーションも綺麗だし、味がある写真だ〜！　お兄さん！　やっぱり人を撮るのも上手じゃないですかっ！」

「本当に……。心に沁みるっていうか……。暗い海と夜空のお陰でイルミネーション

くる。

白い息をハァハァ吐き出しながら、結姫は嬉しそうに肘でお腹をツンツンと突いて
「悍くん、本当のこと言わないの！　照れるでしょ〜！」

と結姫の笑顔が何倍も際立ってる」

ふと見れば、僕らの前で立ち尽くしていた男の人の瞳が——潤んでいた。

痛いけど、飽きるまでマイペースな結姫の好きにさせるしかないかな？

え……。まさか、泣いてる？　な、何で？

「わ、私、変なこと言っちゃいました？　あ、あの、大丈夫ですか？　涙が……」

「……ぇ？」

「嫌な思いをさせたなら僕が謝りますので……。本当に、ご迷惑をおかけしました」

「あ、ああ。いえ、すいません。これは、違うんです。懐かしくて、心にきて……」

懐かしくて……。

一人でイルミネーションばかりの場所で黄昏れてたことから、口にし難い何かが
あったのかもしれない。

「……君たちは、昔の僕たちと似てるのかもしれませんね」

男の人は、優しい笑みを浮かべながら言った。

「僕たちが、あなたたちと似てる、ですか？」

この人だけじゃなくて、複数？

誰のことを指してるのか、どういうところが似てるのか。

よく分からないけど……。凄く真剣な瞳だ。

「はい。真逆な二人だと大変なこともあるかもですが、発見も多いと思うんです」

「発見というか、救われることは多いですね」

「もう、惺くん！　お互い様だよ？」

「どうか後悔や心残りがないよう、大切に生きてくださいね」

僕にとっての後悔や心残りは、何だろう？

すぐ思いつくのは結姫に余命を渡せないで取引契約を打ち切られることだけど……。

後悔や心残りがないよう、大切に生きる。

何故か、この人の言葉はズシンと響く。

詳しく、どういう意味で言ったのか聞きたいけど――

「――お～い、お待たせ！　何やってんだ？　龍恋(りゅうれん)の鐘(かね)、最高だったぞ！」

「寒いし、そろそろ帰ろうよ！　早く来ないと、ウチらに置いてかれるよ？」

遠くから体育会系にいそうな、元気な男女の声が聞こえてきた。

その声に写真を撮ってくれた男の人は――朗(ほが)らかな笑みの浮かぶ顔を振り向かせた。

「ああ、うん。今行くよ！　ごめんなさい友達が待ってるので。頑張ってくださいね」

真逆だからこそ、大変なこと。

まさか……実は結姫が心から笑えてない、とか？

あの瓶の中の輝きと、人の生き方。

結姫と帰りながら、彼の言葉の意味を考え続けても答えは出なかった――。


二月の末。

結姫の寿命は、残り四ヶ月ぐらいにまで迫ってきていた。

今日は――結姫が一番に望んだ狭山高校の合格発表がある。

大丈夫だ。ここで合格が決まれば、きっとカササギも満足して向こうから契約の延長を申し出るような最高の笑顔が見られるはずなんだ。

もし落ちたら、そこで笑顔も途絶えるかもしれない。

そんなことになれば、お試し契約が打ち切られ――結姫は命を落とすかもしれない。

そうならないために、万が一不合格だったら、どう結姫を励ませばいいのか。

代わりになる楽しみを用意できないか。

対策を考えたり不安で眠れないまま、いつもより早く登校をする。

朝一番。授業開始時間よりも、かなり早くから合格者が貼り出される。

結姫は一緒に受験をした人と、開門と同時に見に行くらしく別行動だ。

狭山高校の正門前に貼り出される掲示板前で落ち合うことにはなってるけど……。

試験本番は、何があるか分からない。結果が出るまで、安心なんてできない。

「万が一が起きてたら、どうしよう……」

泣いて結姫の笑顔が曇ったら……。そう思えば、自然と早足になってた。

メガネのレンズが荒い息で曇って前が見えにくいけど……。自分の通う学校だ。

近付けば勝手に足が動く。

多少見えなくても、今は急ぎたい！

人でごった返す正門を潜る(くぐ)と――両腕をギュッと胸で抱える結姫の姿が目に入った。

まさか……。まさか、まさか!?

「……結姫？」

「惺くん……」

目に涙を湛え(たた)、零れ落ちないように耐えてるような表情。

これは、もしかして――……。

ダメ、だったのか？

自分が受験に失敗した時、母さんの絶望に震えた表情を思い出しちゃう……。

そんな……。結姫がやりたい一番のことが、この高校に進学することだったのに。

家庭教師役をした、僕のせいだ。僕は、また期待を裏切ってしまったのか？

だとしたら、やっぱり僕は……僕が大嫌いだ。

グルグルと頭が巡って、目眩がしてきた。

「結姫、その……」

何とか失敗を取り戻して、結姫を笑顔にしないと……。

そうじゃないと結姫の命が……。

もうベッドの上で苦しみながらも強がって微笑む結姫を見たくない。

あんな辛い思い二度とさせたくない！

どんなことでもいい。

声をかけないと——

「——あった」

「……え？」

「私の受験番号、あったの！」

受験番号が、あった。

つまり——合格したってこと？

「じゃあ、何でそんな、今にも泣きそうな表情を？」

「嬉しくて……。病院で最期を迎えようとしてたのを思い返すとね。まるで夢みたいに嬉しすぎて、勝手に顔がさ……っ！」

「嬉しくて、か。そっか」

笑うだけが、嬉しさの表現じゃないってことか。

良かった。本当に良かったね……。

これも、一つの輝きだ。ちゃんと見てるかな、カササギ？

ずっと病気と闘い続けて、遅れを取り戻すように勉強を頑張った子の歓喜する姿を。

これは——あなたが求める、美しい生き方で合ってるよね？

「惺くん、春からは先輩後輩だね！」

「うん……。うん、そうだね」

そっか……。

制服を着て元気に高校へ通う結姫が見られるのか。それは、最高の未来だな。

「もう、惺くんが泣いちゃダメだよ？」

「ごめん……。情けないよね」

「情けなくはないよ！　もう、自分を悪く言うクセ、一緒に直していこう？」

折角の嬉しい日なのに、嫌な感情にさせちゃったかな？

口に出すのは控えないとか。

「惺くん。春から、また後輩になるのは私だけじゃないよ〜！」

「……え？」

「ほら、ずっと隣にいるじゃん！」

「隣……」

結姫の隣にいる女の子。

雰囲気に見覚えはあるけど……。

黒マスクにマフラーで、俯いてて顔が見えない。

だけど結姫と同じ制服ってことは……。僕と同じ中学の一個下だよね。

「一年ぶり——いえ。話すのは、もっとですかね。空知先輩」

「え……」

確かに聞き覚えのある声。——いや、よく聞いていた声だ。

顔を上げると少し憂(うれ)いを帯びたような、どこか虚ろな瞳も見えた。

以前より身長も伸びてるけど、この特徴は……。

「まさか、佐々木凛奈ちゃん？」

「……そうです」

少し病んでるように見えるのは、黒いマスクとかのせいかな。

受験疲れだとは思うけど、目にも力がない。

それにしても、どうしよう……。初対面の人より、逆に話しづらい。

「あのね、惺くん！　凛奈とは最近ね、またよく話すようになったんだ！」

「ここ最近……。ずっと話しかけてなくて、ごめん」

「いいって！　部活があれば、そっちの人間関係が中心になるのは当然なんだから！」

「……うん」

　確か中学校時代は、バドミントン部に所属してたんだっけ？

　その後のことは、僕もすぐに帰宅してたし結姫からも聞いてない。

「凛奈もね、狭山高校を一緒に受けたの！　二人とも合格！」

「………」

「春からは高校でも先輩になりますね。……適度な距離感で、よろしくお願いします」

　昔、仲が良かった四人が――また、同じ学校に揃う。

　それなのに、何でだろう？

　小学校の頃みたいに、楽しみでも何でもない。

　成長して、それぞれが別の道を歩んでるってことなのかな……。

　凛奈ちゃんも昔みたいに親しげな接し方じゃなくて、言葉にもトゲがあって僕を見る目も冷たいしね。

　結姫以外と話そうともしない陰キャに成長した僕だ。扱いとしては、こんなもんだろう。

　むしろ、声をかけてくれたことに感謝するべきか。

「もう！　凜奈、幼馴染み同士なのに堅苦しいよ～！」

「……運動部の習慣っていうか、どうしても空知先輩にはっていうか」

「ん～。久し振りでどう接していいか分からないんだろうけど、また仲良くいこう！」

「……そう、だね」

目線をふいっと逸らしながら言われてもな……。

そもそも、学年が違うから接する機会も少ないだろう。

「私の紹介方法とかタイミングが悪かったかな？　いや～反省反省！」

少しだけ悲しそうにしながらも、結姫は無理やりに前向きな言葉を口にする。

こういうところは、周りを心配させないように、病気をしていた時に身についたクセなんだろうな。

少し痛々しくて……胸が苦しい。

そんな気遣いをさせたことが申し訳ない。

結姫のせいじゃないからって、無理してるのを止めなきゃ……。

凜奈ちゃんに頭を下げると、気まずそうに目を伏せられた。

「惺くんは、これから授業？」

「あ、ああ。うん。そうだね」

「そっかぁ。もしかして、私の合否が気になって早く登校してくれた感じかな～？」

「当然」

僕が即答すると、からかう口調だった結姫が、打ちのめされたように瞳を右往左往させながら慌て始めた。

頬も赤いし、そんなに予想外の返答だったのかな？

「そ、そっか。うん、ありがと……」

「別に、お礼を言われることでもないよ」

妹のように想う結姫に僕が尽くすなんて、当たり前で今さらだ。

凛奈ちゃんは結姫の手を取り、クイクイと引いた。

二人が仲良くしてた小学生時代の光景と重なる。何だか、胸が熱くなるな……。

「結姫、そろそろ合格書類取りに行こ」

「あ、え？　うん！　本当、ごめんね惺くん！」

「気にしないで。……これからは僕なんかより、大切にするものがあるはずだから」

そう。僕はもう、一生分の幸せを結姫からもらった。これ以上なんて望まない。

高校合格という丁度良い機会に、結姫は自分に合う将来の幸せを手にするべきだ。

だけど結姫は、僕の言葉が不満だったみたいで……。

明らかにムッとした表情を浮かべながら「ほら、早く行く」と凛奈ちゃんに引きずられていった。

最後に振り向いた凛奈ちゃんの目からは、明らかな怒りや憎しみを感じた。
背筋がゾッとするぐらいの圧だったけど……。
「仕方ないよね……。四人の仲を崩したのは、僕が無能で裏切ったせいだから」
僕が優秀だったら、両親だってあれ程までは周囲に当たり散らさなかったはずだ。
もしかしたら皆は、受験が成功して終わるのを期待して待ってたのかもしれない。
それなのに僕は——皆の期待を裏切った。
その後も、皆と関わって傷付けたらと自分から話しかけようともしてないからな。
家庭も崩壊させ、幼馴染みの子たちにも深い傷を残して去る。
改めて考えてみても、我ながら情けないな……。
まぁ今さら言っても仕方ないし、命の有効な使い道も得られたからいいけどね。
そんなことを考えながら、校舎の方へ顔を向け——
「——結姫ちゃんも凛奈ちゃんも合格したんだな。マジで良かった」
「……ぇ」
輝明の声だ。
いつかのように、またしても——すれ違い様。
顔すら見ることもなく話なんてしてないかのように輝明は僕の横を通り過ぎていく。
今日は、懐かしの四人が揃ったはずなのに……。

何で、こんなにも違和感が強いんだろうな。
全く「昔のようだ」なんて嬉しさも感じない。
僕自身が声をかけなくなったり、生きる道が変わりすぎちゃったからかな……。
僕が四人をバラバラにしちゃった。もう楽しかった過去に戻れることはないんだな。
その日の昼休み、そして放課後も——メッセージの返信に追われていた。
結姫から
『さっきのはないよ？　僕なんかじゃない。新しい友達も悍くんも大事なんだよ！』
『何度でも何回だろうと永遠に言い続けるけど、自分のことも大切にして！』
といった感じのメッセージが止まらなかったからだ。
結姫からすると、僕から離れるよう促す言葉が気に入らなかったみたいだ。
「……何度でも、何回でも、永遠に、か」
そうなるためには、そもそも結姫が生きなければならない。
僕も、生き残らなければいけない。
だけど余命取引というシステム上、それが無理なのは分かってる。
そもそも結姫が本来の通り亡くなってしまえば、絶対に言ってもらえなくなるんだ。
「馴染みが揃う、念願の高校生活。新たな門出……」
僕の役割は、最高の新生活だって笑ってもらえるよう、結姫を支えることだ。

他にやれることなんて、この寿命を渡すことぐらい。

それが僕の恩返しにして、最大の願いだ。

高校の制服を着たいと言ってた、結姫のやりたいことが一つ叶った。

結姫なら、きっと輝かしい未来が待ってる。

新しい友達もすぐにできるはずだ。

結姫にだけは、また輝明や凛奈ちゃんとも昔のように良く笑ってもらいたい——。


三月九日。

結姫の寿命まで残り四ヶ月。

そんな今日、アルバイトを終えて戻った僕のアパートには
「——惺くん、誕生日おめでとう〜！」

パンッと、真っ暗な部屋にクラッカーの音が鳴り響いた。

バイトが終わって帰宅するのを結姫が待ち構えてくれてたのには驚かされたよ。

「蝋燭だけじゃなくて、せめて電気はつけよっか」

「反応が鈍いよ〜！　おめでたい日なのに！」

「わぁ、結姫が笑ってくれて嬉しいな」

「棒読み！　自分のことを喜びなさい！」

そんなことを言われてもな……。

僕としては少し、今は自分の誕生日がくるのが憂鬱なんだ。

結姫へ渡せる寿命が、目に見えて少なくなる気がする。

「ふっふっふ～。さすがの惺くんも、これを見たら喜んでくれるはずだよ！」

抑揚のついた声で言いながら、結姫が電気を灯し――

「――え、まさか……」

火のついた蝋燭を立てた小さなホールケーキ。

明らかに不格好な姿から、まさかを連想せずにはいられない。

「そう、今年は元気になったからね！　私の手作りケーキです！　喜びたまえ！」

「………………」

「あの、惺くん？　その、形はアレだけどさ、お母さんと作ったから……。味は平気だよ？　だから、その」

「……ありがとう。本当に、本当にありがとう」

あの結姫が、ケーキを焼いただって？

病気のせいで長く立ってられないし、毎食ご飯を食べるだけで精一杯だった結姫が……。もう言葉にならないぐらい、嬉しいよ。

「え!?　泣く程!?」

「泣く程」

即答だ。

僕の誕生日とかじゃない。

結姫の成長と元気になった姿が、泣く程に嬉しい。

「いや、あの……。う、うん！　そこまで喜んでもらえると、惺くんのためにって頑張った私も嬉しいかな！」

「ごめん、また僕のせいで嫌な空気にしてるね」

「はい、マイナス思考ストップ！　自分のせいとか止めようか。今日は美味しくケーキを食べて、素直に祝われるイベントだよ！　私の誕生日もそうだったんだから惺くんも一緒！」

そうだね。素直に、結姫が笑顔になれるよう祝われようか。

今日は、そういうイベントだ。

「それじゃ、切り分けるよ～」

「あ、それは僕がやる」

「何で!?」

「結姫に刃物とか、背筋が凍る」

手を切らない子供用の刃物とか、うちにはないから。

おばさん程、見てるのが上手い自信もない。

見るからに不満そうな結姫を尻目に、台所から包丁を持ち出しケーキを等分する。

お皿に盛ってあげると、パァッと効果音が聞こえるような笑みを浮かべて……。

やっぱり結姫は、喜怒哀楽がハッキリ表情に出て面白いな。

よく笑い、よく怒り、よく哀しむ。

ただ、哀しみだけは表に出しすぎないようにしてるのが気がかりだけど。

僕も結姫のケーキを口にして――

「――嬉しい」

「そこは美味しいじゃないかな?」

「美味しいし、嬉しい」

「まぁ合格点ってことにしてあげよう!」

確かに、本来なら手作りケーキをご馳走になったら美味しいが一番に口を突いて出るべきなのかもしれない。

だけど、結姫が作り上げたケーキを口にできるという事実に『嬉しい』が先にきてしまったんだから仕方ない。

こうやって、やりたいことをできる時間が永遠に続いてほしいと願ってしまう……。

結局、二人で談笑しながら一ホール全て食べきった。

誕生日祝いというムードも薄れてきた頃に
「あ～。惺くんに年齢が追いついたと思ったら、また離されたなぁ」

当たり前のことを結姫が口にした。

これで僕は十六歳。結姫は十五歳。

来年の十月まで、数字上は僕の年齢が一個上になる。

だけど
「年齢なんて、ただの数字だよ」

「うわぁ～。大人の余裕だ」

「本音だよ。……何年生きても、何となく無駄に年月を重ねるだけの人もいる。逆に、一分一秒が貴重で尊い人だってね」

「惺くん？ 私が暗い話を振ったのが悪かったね！ うん、ごめんね！」

そんな暗い雰囲気にするつもりじゃなかったんだけどな。

結姫の一分一秒を大切にしたい。そう伝えたかったんだが……。

今日は急で何も用意できなかったけど、結姫にできることを、また探さないとな。

たとえ、僕がどうなろうとも。

「これからも一緒に歳をとっていこうね！ 来年も、その先も、ず～っと一緒に二人の誕生日を祝いたいね！」

「一緒に、ずっとか……」

僕の寿命を毎年、結姫に渡し続けたとして――結姫は、何歳まで生きられる？

平均寿命が八十歳と考えれば、半分渡しても一緒に過ごせるのは残り三十数回か。

それは、あっという間なのかもしれない。

たったそれだけしかないとも感じる。

一番の望みは結姫に全ての余命を渡すことだけど、あの胡散臭いカササギが簡単に最も望む取引に応じてくれるかな。楽観視はできない。

それでも、だ。

「絶対、結姫が何年でも笑い続けられるようにするよ」

本命の取引を引き延ばされてでも、結姫が命を失う結果には絶対させない。

「……なんか、ね。時々、惺くんの私への接し方にさ、違和感があるんだ」

「え……」

全身の血が逆行してるような……。

視界が真っ白になるような感覚がする。

まさか僕は、結姫に不快な思いをさせてた？

結姫の笑顔を奪うぐらいなら、もう僕は近付かない方が……。

「何て言えばいいんだろ？　何か変というか、おかしいというか」

「変、おかしい……？」

「前々から少し感じてたけど、特に私が病気治ったあたりからかな？　鬼気迫ってるみたいな。絶対治らないって言われてたのに治ってるのも不思議だし、前より心配させちゃってるのかな？」

それは、カササギと取引をしたからだ。

結姫の笑顔を失わないようにとは、確かに焦って常に考えてる。心当たりはある。だけど、その前からも違和感を感じてたって……。それは何で、何にだろう？

「一緒にいる時は楽しそうだけど、パッと見ると不安そうに私を見てたりさ」

「……結姫が僕といて、幸せに笑えてるかなってさ」

「じゃあ時々、悲しそうにしてるのは？」

「…………」

バレていたのか。結姫の笑顔が、もし失われたら。もう笑顔を見られなくなったらと、少しでも想像すると、悲しくなってた。

結姫に心配や負担をかけたくない。

ミスをしていた。僕は、何て誤魔化せばいい？

考えろ、結姫の笑顔が失われないうちに、早く考えろ……っ。

「あ、ごめん！　誕生日によくないよね！　今日は辛気くさい話はなしだ！　反省して、時と場合を考えた発言をしようと思います！」

また、痛々しく無理やりポジティブに変換したような笑みを浮かべてる。

違うんだよ……。それは、結姫の本来の輝きじゃない。

病気を抱えて結姫が孤独だった時はともかく、だ。

自由を得た結姫にとって、今の僕はお荷物でしかないな。

本気で結姫が笑えるなら、それでいい。隣にいるのが僕である必要はない。

もしカササギが持ってる瓶の輝きが、結姫の笑顔と同じように消えてしまったら。

結姫は――この世を去ってしまう。そんなことは、認められない。

結姫が本音を曝け出して心から笑えるように、もっと方法を考え続けないと。

「あ、もう時間が!?　ごめん、そろそろ帰らないとだ！」

「……うん。おばさんたちが心配するからね。送ってくよ」

「ありがとう！　惺くん、紳士だね～？」

「車道側を歩かないでくださいね。美しい妹さん」

からかい交じりに言う結姫に、僕も笑えるよう冗談で答えるべきだろう。

正解だったのか、結姫は楽しそうに笑いながら家まで歩いてくれた。

まぁ、本気で車道側を歩いてほしくなかったんだけどね。

軽傷でも事故に遭ってケガをしたら笑えなくなり、命に関わるかもしれない――。

アパートに戻ってすぐ、一日を締めくくり、結姫に『ありがとう』とお休みのスタンプを送った。

明日の学校へ持っていく弁当を用意するために冷蔵庫を開けると——

「——母さん……。僕の誕生日、覚えててくれたんだ」

ケーキと、『おめでとう』と書かれた手紙が置かれていた。

僕がアルバイト中に、来てくれてたのかな？

手書きで、母さんから僕にメッセージ……。

「……美味しいな」

僕の口から出た感想は、それだった。

一人の部屋で、甘い物をゆっくりと静かに噛みしめる。

枕元に結姫からの手紙と、母さんの手書きのメッセージを置いて横になる。

何でだろう。目元が熱くて、ジンジンと痛くなってきた。

「……ごめんね、期待に応えられないダメな子でさ。本当に、ごめんなさい。僕が期待に応えられてれば、綺麗で大っきな家で、皆が幸せに暮らせてたのかな……」

一度、感情が溢れると——もう止まらない。

ああ、結姫の言ってた通りだね。

弱音が涙と一緒に溢れると、もう止まらなくなるんだ。
母さんと父さんの仲を壊したのは、間違いなく僕だ。
二人が教育熱心だったのを内心で嫌だと思って、全てを失わせたのは僕の責任だ。
失敗ばかりだったからこそ、最期に結姫を救うことは絶対に成し遂げたい――。

三章　どうか、この余命と全てを

四月。

狭山高校入学式の日がやってきた。

変な感情や違和感を与えてしまう僕より、今は新入生同士の絆（きずな）を深めるべきだと結姫には事前に伝えてある。

今日は凛奈ちゃんと一緒に登校してくるのかな？

周りが浮き足立つ新年度だというのに、僕はいつもとそう変化はない。

一人で登校しながら、心なしか少し胸をときめかせてるぐらいの心境の変化だけ。

「……楽しみだな。結姫が待ち望んだ、制服で高校に通う姿」

咲き誇っていた桜も散り始めた。

少し肌寒い風に、爽（さわ）やかな桜の香りが混じってる。

頬に触れて離れない花びらが違和感だ。

手で剥（は）がし、風に乗せて手放す。

良い感じの桜吹雪（ふぶき）や桜絨毯（じゅうたん）が新入生を迎えてくれるはずだ。

入学式で結姫は、どんな表情を浮かべるんだろう？　笑ってくれるかな？

その瞬間を楽しみに、僕は学校支給のタブレットに表示された新教室へ向かう。

この後は短いＨＲの後に始業式、そして二年生として新入生を迎える入学式だ。

ソワソワしながら始まった始業式の最中も、ずっと不安だった。

結姫のコミュニケーション能力、今の身体なら気を遣われることもないと信じてる。
だけど——もしも、結姫は病弱で気を遣うって先入観がある子がいたら？
地元の高校だから、小学校や中学校の同級生もいる。
一回もしを考え始めたら、もう止まらない……。
早く、早く入学式が始まれ。元気で喜ぶ姿を見たいんだ——。

待ち焦がれた、新入生入場の時がきた。
在校生は花のアーチを左右で持ち、トンネルの中を新入生が渡っていく。
席から少し腰を浮かし、次々と体育館へ入場してくる新入生を凝視する。
待ち遠しくて、気がおかしくなりそう——
「——いたっ！」
結姫は満面の笑みで、花のアーチの中を渡っていく。
ああ……。待望の瞬間だったんだね。
花のアーチが見劣りするぐらい、本当に美しい笑顔だ。
結姫はキョロキョロと周りを見渡していて——目が合った。
口が『あっ』と小さく開き、小さく手を振ってきてる。
あの様子を見る限り、どうやらスタートは順調だったらしい。

祝辞やら何やら、長い式典が終わり新入生がまた花のアーチを渡り退場する時も——結姫は、涙目で満面の笑みを浮かべていた。

その姿を見られたのは、ほんの一瞬だった。

それでも、喜んでたのは間違いない。

先の見えない病気に耐えて、乗り越えた甲斐があったね？　本当に、おめでとう。

本当に、良かった。


始業式と入学式の今日は、式典を終えたら下校だ。

二年生に進級した僕は、二階から一階にある下駄箱を目指し歩く。

本当に、いい一日だった——

「——あ、惺くん！　発見っ！」

と、締めくくるには早かったらしい。

結姫の声に俯かせてた顔を上げると、階段の下でぶんぶん腕を振って待ち構えてる。

隣には凛奈ちゃんも一緒にいた。

急いで階段を降りると、凛奈ちゃんは小さく頭を下げてから顔を背ける。

少しメイクをしてる？　そっか、高校生だもんな。そういう年齢だよね。

「惺くん、見て！　どう、似合う？　似合うよね？」

くるっと一回転して制服姿を見せつける結姫の姿に、思わず顔が緩んじゃう。

「当然、似合ってるよ。新しい制服」

「やったね！　私、高校の制服を着て登校できたよ～！　有言実行ってやつだ！」

「うん、うん……」

去年の七夕の日。

目の前の僕すら見えないで、呼吸が弱まっていた結姫の姿が浮かぶ。

ヒュウヒュウと鳴る息、張りもなくなり、小さくなっていく声量。

そんな結姫が、こんな元気一杯に笑ってるとか……。

嬉しくて、おかしくなりそうだ。

カササギと余命取引契約を交わした、一つの大きな目標を達成できたな。

そう、『結姫に高校の制服を着て、入学式をさせてあげたい』って目標が。

「最高の姿を見せてくれて、ありがとう。今まで生きていて、良かった。本当に、心からそう思うよ」

人前で涙を流さない結姫に代わってさ……。僕が代わりに泣かせてもらうよ。

「もう、すぐにそうやって言うんだから！　ダメだよ、自分を二の次にしちゃさ！」

潤んだ瞳で笑う結姫に、快活な声音で注意されてしまった。

仕方ないじゃないか。これが僕の、心からの本音なんだから——

「——気持ち悪い」

冷たく嫌悪感を抱く声が耳に入った。

「凛奈!?」

「自分に自信がないから、結姫に罪滅ぼしで尽くしてるみたい……。見てられない」

「もう、酷いこと言わないの。惺くんに謝って!」

「……失礼しました、空知先輩」

これ程に心がこもってない謝罪も珍しいな。

そもそも、謝る必要なんてないよ。

「僕は大丈夫。凛奈ちゃんが正しい。……自分でも気持ち悪いなんて自覚してるから」

「惺くんっ!」

結姫は、さっきまでの感動して喜ぶ姿はどこへいったのか、本気で怒り始めた。

マイナス言動を結姫の前でしたら、輝かしい笑顔が失われると分かってたのに……。

つい、心の内で抱えてる闇が飛び出しちゃった。

どう笑顔を取り戻したものか……。

「おっ!? 結姫ちゃんに、凛奈ちゃん!」

よく通る爽やかな声が、階段の上から聞こえてきた。

「あっ! 輝明先輩だ!」

「高橋先輩、ども。また高校でも先輩後輩」

「そうなるね！　すげぇ嬉しいよ。二人とも制服が似合ってるな！　お、凛奈ちゃんメイクしてる？　いいじゃん！」

なるほど。

これがイケメンの……結姫や凛奈ちゃんと相応しい男の会話か。

僕みたいに、相手の笑顔を曇らせることもない。

「うわ、輝明！　もう後輩の子をナンパしてるん!?」

「手が早いな～。え、二人ともメッチャ可愛いじゃん！　どっちもタイプ違う系！」

「黒マスクいいねぇ、メイクも決まってる。あっ、実はマスク美女とか？」

「イメージ的に地雷系を意識した感じか。いいね、俺好きなんだよ～」

輝明に続いて、陽キャ集団が次々と集まってきた。

たちまち、結姫や凛奈ちゃんは話題の中心になっていく。

結姫が困ってたら、殴られてでも止めに入ろうと思ってたけど……。

「輝明先輩の友達ですか!?　私たち、小学校からの幼馴染みなんですよ！」

なんて、早くも溶け込んで楽しそうにしてる。

結姫は本当に人懐っこくて、物怖じもしないなぁ……。

弾けるような結姫の眩しい笑みに、陽キャ集団の放つ明るい空気。

凄く調和が取れてるというか……お似合いだ。

「そうそう、昔は一緒に遊び回ってたよな。体調崩して遊べなくなったけど、復活するとか、すげぇよ。本当、昔から頑張り屋だったからな。実を結んで、良かった」

「私の粘り勝ち！　病に負けてたまるかって、弱音を口には出さなかったよ！」

「うんうん、偉い偉い」

「ありがとう！　もっと褒めてくれても、いいんだよ？」

僕は遠くから元気に動く光を眺めてるだけで満足。

遠い夜空に輝く流れ星を下から眺める傍観者で充分だ。

少なくとも今は、結姫は僕と話すべき時間じゃないと思う。

一人、下駄箱を抜けて下校していく。

別に今さら、心も痛まない。

結姫が楽しそうだから、それでいいんだ。

輝明とも、また仲良く話して笑ってた。

だから、いいはずなんだ……。

それなのに、だ。

輝明に向けて笑う結姫の表情を見て、スッキリしないのは――何でだ？

「……最高の一日だった。念願だった高校の制服に身を包んで、幸せそうに笑う顔」

余計なことを考えて、目標を見失うな。僕は、結姫が笑えればそれでいいんだ。

あの不思議な店でカササギと出会わなければ、夢でしか見られなかった光景だ。

結姫の心から喜ぶ笑みは、心に刻まれて一生消えない。

それ程に感動的で、心が震える瞬間だった。

あの幸せを、失わせたくない。

「――あと、三ヶ月後か」

また、七夕がやってくる。

お試し期間が終了したら、次の取引では……。

まずは契約終了にならないよう、結姫の笑顔を絶対に守らないとな。

そのための方法に思いを巡らせながら、一人自宅への道を歩き続ける――。


徐々に暑くなってきた六月。

衣替えをしたばかりの頃は少し朝が寒かったけど、今は一日中服の隙間から入り込む初夏の風が気持ちいい。

新入生も、それなりに学校生活へ慣れ始めたらしい。

でも……僕は困った状況に陥(おちい)ってる。

本当に、どうしたらいいのか――

「――惺くん！　お昼休みだよ！　行こう！」

結姫が毎日のように、一学年上の僕を昼食へ誘いにくる現状を……。

新しい友達、相応しい人と過ごすべきなのにな……。

高校生の男女で一緒にお弁当を食べる関係なんて、誤解を生んじゃうよ。

そう指摘すると、結姫は怒る。

最初は堂々と上級生クラスへ乗り込んでくる結姫に驚いてたクラスメイトも、今では慣れたのか「不釣り合い」とでも言いたげな視線を送ってくる。

結姫に引き連れられた凛奈ちゃんも、忌々しげに僕を睨みつける。

もう、定番の光景になってきた。

二人は同じクラスになったらしいからな。

結姫が強引に手を引く姿が目に浮かぶようだ。

「今日はね、ただの卵焼きじゃないんだよ！　だし巻き卵に挑戦してみたの！」

「よく頑張ったね。とりあえず、いつも通り体育館裏に移動しよっか」

「うん！　味の感想、ちゃんと遠慮なく教えてね？」

ずっと料理をやりたくても、病気の関係で満足にできなかった反動かな。

自分で作った弁当を一人で食べるんじゃなくて、大切な結姫と食べられるのは安心するし、感謝もする。

だけど、な……。

周囲の反応とかを見るに結姫の今後のために良くないから止めたいけど、嬉しそうに笑う顔を見れば止められない。

「……優柔不断」

心を見透かしたような凛奈ちゃんの呟いた言葉に、返す言葉もないよ……。

「お、結姫ちゃんに凛奈ちゃん！　今日も二年の校舎に来たんだな」

「あ、輝明先輩だ！　やっほ～！」

「高橋先輩、どもです」

「結姫ちゃんは今日も明るいね～。昔みたいに戻れて、俺も嬉しいよ」

輝明が――結姫の頭に手を置いた。

胸が、もやつく……。

何で、僕は目が離せないんだ？

「もう～。子供扱いしないで！　私も高校生なんだよ!?」

「ははっ。ごめん、丁度置きやすいところに頭があったからさ」

「また私をチビ扱いした!?」

ぶんっと頭を動かし、結姫は輝明の手を頭から振り払った。

またって、何？

僕の知らないところで、輝明とこんな風に触れ合ってたの？

いや、落ち着け……。

こんな触れ合い、小学校の頃からあっただろう。

それなのに、何で僕の胸は——こんなに締め付けられてるんだ？

「惺くん、もう行こう！」

「……うん」

本気では、結姫は輝明に対して怒ってない。

微笑む結姫がスキップしてるのは、いつものことだ。

だけど心なしかいつもより楽しそうに見えるのは、僕の錯覚か？

「どう、凛奈ちゃんは俺たちと一緒に食べてく？」

「いや、教室に友達を待たせてるんで……。私は、いつも通りここまでで」

「そっか……。あんさ、何も優惺を威圧するために毎日ここまで来なくても……」

「別に、そんなんじゃ……。いや、何でもないです」

結姫を追う僕の後ろから、凛奈ちゃんと輝明の会話が聞こえる。

僕がいるときには、輝明も話しかけてこない。

チラッと視線を向けるぐらいだ。昔のようなスキンシップなんて僕にはしてこない。

まぁ、そんなものだろう。

これも、自分がやってきたことの結果でしかない。

自分が裏切り放置したツケを支払ってると思えば、仕方ないことだと心も痛まない。

この暗く痛む心は、別の何かだ。

大丈夫。

結姫を笑顔にできるよう話してれば、痛みも消えるはずだ――。


体育館裏、ちょっとした階段が昼休みの定位置だ。

そこで結姫は――

「――はい、これ。あの、感想は素直に教えてね？　遠慮なく、それでいて私が傷付かない範囲でちゃんと……」

「うん。おすそ分け、ありがとう」

手作りのおかずを渡して、誰かに食べてもらう。

これも今の結姫が、やりたいことなのかもしれないな。

「あのさ……。僕からも聞いていい？」

「え、何!?　苦手なものあったっけ!?」

「違うよ。今さ、嫌じゃない？　僕と一緒にいて楽しい？　何で、僕に構うの？」

「……は？」

結姫には新しく、お似合いの友達ができてるのに。

きっと、お似合いの友達と過ごした方がカササギが望む笑顔にもなれる。

「結姫は、念願の高校生活を手に入れたじゃん。他の相応しい人と一緒にいた方が、楽しく笑って生活できるだろうにって。凛奈ちゃんとか、あと……輝明くん、とか」

「輝明先輩といるのも楽しいよ。すっごくね」

ズキッと、胸が痛んだ。

何で輝明の名前が結姫の口から出ると疼くんだろう。

結姫の言葉で輝明と一緒にいるのが楽しいと聞くと、心が軋む。

まさか――僕は嫉妬してるのか？

「もしかして、焼きもち？」

結姫は僕に言われた意味がのみ込めないのか、ポカンという表情をした。

「い、いや。違うよ！」

「本当に～？」

「……本当に」

胸が痛むのは――嘘をついちゃったからかな。

言えないよ、本当の気持ちなんてさ。

ただ、一部本音を混ぜるなら……。

「僕は結姫が楽しそうなのが一番だから。ただ、何というか……。僕より輝明と一緒にいる姿の方が、お似合いだったからさ」

「そういう自分を否定するようなこと、言わないの！」

「……ごめん」

昔、親から与えられた本で読んだことがある。

確か──『人は誰かにされたようにしか、人を愛せない』って言葉だ。

だからかな、僕には恋愛って感情が分からなかった。

僕はずっと、恋愛を知らないで最期を迎えると思ったのに……。

我ながら、単純だ。

今、自覚しちゃったよ……。

結姫が輝明とお似合いと言われて否定しなかったのが──嫌だった。

喉に引っかかるような異物感を感じる。

ああ……。

ずっと兄妹のような存在だと思ってたのにな。

分不相応だなんて、理解してるのに……。

嫉妬心をきっかけに、自覚してしまった。

僕は――結姫のことが、恋愛的にも好きなんだ。

輝明と接する様子は、どう見てもお似合いのカップルだった。

目の当たりにしてから、やっと気持ちに気が付くものなのか……。辛い。

余命を渡してこの世を去るつもりなのに、こんな感情を抱いてしまうなんて……。

「昔から私が病気で辛い時、死んじゃいそうな時もさ……。一回も離れず傍にいてくれたのは、悍くんだからね？」

凄く悲しそうな表情……。本当に、ごめん。

物心ついた時から一緒の幼馴染みが自己否定ばっかりとか、悲しいよね。

「私は未練を残さない。自分の気持ちに正直に生きたいんだ。……だから、そんな寂しいことを自虐的に言わないでほしいな」

「……僕は、その生き方を全力で応援するよ。結姫の幸せを、全力で」

結姫の未練を残さないという生き方を、さ。

僕の恋愛感情なんて、結姫の命の前にはどうでもいい。

僕は結姫の最期を見届けた唯一の幼馴染みというだけで、充分。

分不相応な想いなんか、秘めたまま……。

結姫の幸せを願って、この世を去るべきなんだ。

「あ……。ごめん、説教っぽくなっちゃった。もう少し言い方があるよね！　いや〜私も気を付けないと。お互い反省ってことで、はい！　この話は終わり。美味しくご飯食べよう！」

無理やりつくった笑みを浮かべ、結姫は自分の弁当を開く。

結姫が望むなら、僕は希望に応えたい。

両親の期待も何もかも裏切り続けた僕だけど……。

最後に残ってくれた結姫の期待にだけは、何としても応えたいんだ。

どうにかして、結姫が笑顔になることをしないとな。

「そうだ、結姫。今度の三連休は予定ある？」

「ないよ？　何で？」

「おかずとか、ケーキとか作ってもらったからさ。お礼がしたいんだ。合格祝いもしたいし、遊びに行くのもいいかなって」

「行く、絶対に行きたい！」

そ、即答か。相当、受験勉強のストレスが溜まってたんだな。

意識しちゃったからかな？　何だか、少し胸がうるさい。勘弁してほしい。

未練を残さないために、結姫は純粋に遊んでおきたい心境なんだろうから……。

僕も気合いを入れて笑顔にできるように、頑張って計画を立てないとだ。

「結姫はどこに行きたいとかある？　僕は結姫の行きたい場所に行きたいんだけど」

「どこにでも行きたい！」

ノープランか。

目をキラキラ輝かせて、無邪気だな……。絶対に守りたくなる笑顔が堪らないよ。

「分かった。そうだろうなとは思ってたよ。明日か明後日までに、近場じゃなく新鮮な気持ちで遊べるとこを調べておくから」

「やった、今まで行けなかったとこ!?　さすが私から離れなかった理解者だね！」

僕が、理解者？　それは買いかぶりすぎだろう。

いつも結姫を怒らせたり、悲しませたりばっかりじゃないか。

僕が唯一、誰にも負けないものがあるとしたら……。

それは、結姫を笑顔にしたい気持ちだけだ。

ふと、父さんが昔教えてくれた『何かを求めるなら、頑張るだけじゃダメだ。結果や対価を、しっかり残せるのか？』という言葉が、脳内に木霊（こだま）した。

幼い頃に言われた言葉なのに、まるで呪いみたいに僕の魂を焦燥へ駆り立てる。

そうだ、無償の対価を期待するな。気持ちや頑張るだけじゃダメなんだ……。

僕は、結姫を最高の笑顔にするという結果を残さなければいけない。

カササギに対価を示し、契約を延長してもらうって使命がある――。

バイト帰り、早速だけど近くのコンビニで旅行系の雑誌を買い漁った。
家に戻るなり結姫が経験できなかったり、面白いと感じそうなページを探す。
スマホも駆使して情報収集だ。
思い出せ、結姫が「やってみたい」、「行ってみたい」と言ったことのある場所を。
多分、今の結姫は一つの場所に長くいるより、色々と歩き回りたいだろう。
ずっと動くのを制限されてたんだから。
そう絞って調べると——。
「——あ。これ、良さそう」
思いついたプランを、早速メモ帳に纏めてみる。
乗り換えの時間、移動の時間を書き出して……。うん、いけるな。
早速、書き出した案を結姫に送ると、スタンプが連続で送られてきた。
テンションが高いようで何よりだ。
お気に召したらしい。
一旦、スタンプの流れが止まり
『これもやろうよ！』
と、URLリンク付きでメッセージがきた。
開いてみて、少し顔が歪んだのが自分でも分かる。

『まさか、これ僕もやるの？』

『当然でしょ？　私一人だと、寂しいじゃん』

結姫がそう言うなら、僕に断れるはずもない。

ふぅ、覚悟を決めるか……。

追加された分、メモ帳に書いてた予定を少し調整し直す。

『了解。じゃあ、詳しい集合時間とか、乗り換えの案内スクショして送るね』

予定もスクショして伝えると、結姫は幸せそうなスタンプを大量に送ってきた。

これで当日は、結姫も最高の輝きを見せてくれるだろう。

肩の荷が少し下りた気分だ。

ほうっと、思わず安堵の息が出ちゃうな……。

「結姫の望むこと、僕にできることは全てやらないと」

コンビニのウィンドウへ映る顔が目に入ると——見たことないぐらい強ばってた。

そうか。僕は、人生で一番焦ってるのかもしれない。もう、猶予がないんだから。

僕から結姫に渡された寿命は、一年。

下手をしたら、残りたった一ヶ月で結姫は——この世を去って、天の川を形作る星の一つになってしまう。

結姫の笑顔が、永遠に失われるんじゃないか？

また結姫は、死の淵を彷徨い苦しい思いをする羽目になるんじゃないか？

そんな不安が、どうしても拭えない。

頭の中では常に時計の針が動いてて……。

もし最悪の結果が起きたらと、どうしても心が落ち着かないんだ——。


週末。

僕と結姫は狭山市駅から、神奈川県藤沢市にある七里ヶ浜海岸駅へとやってきた。

「テレビでしか見られなかった江ノ電、最高だった！　走ってる姿も写真撮りたい！」

「うん、いいと思うよ。多分、海岸沿いで撮れるんじゃないかな？」

「凄いよね～。家と家の隙間を走ってたんだよ!?」

「この後、また乗れるよ」

テンション高く飛び跳ねる結姫を見てると、安心する。

一緒にいない時は……今は笑えてるのかなって、不安で一杯だから。

「よし、それじゃあ憧れのセリフ言っちゃうよ!?　海だぁああ！」

海に来て、これを叫んでみたかったのか。確かに、定番な気がする。

江ノ島で見たのと、海岸の浜辺から見る海は違う。波の高さの一つ一つの個性。

足を取られて進まない浜辺に、靴の隙間から入り込む砂。

これは体験しないと分からない新鮮さだな。

「浜辺って面白いね！　波で濡れた砂、一瞬で乾いちゃうんだよ!?」

「へぇ、そうなんだ。面白いね、乾く時間とかは見てなかったなぁ」

裾を捲り足だけでもと海に入っていくけど、大きな波で結姫はバッチリ濡れてる。

それすら「うぉおおお！　濡れたぁあああ！」なんて騒いで楽しんでるから、ここを行き先にチョイスしたのは正解だったんだろう。

まだ朝なのに暑いけど、こんな元気で楽しそうな姿を見られて良かった。

「惺くん！　服からスーパーの鮮魚コーナーの香りがする！」

「鮮魚コーナーに並んでるのも、同じ海から取れた魚介類だからじゃないかな？」

「そっか！　つまり私は、産地に来てるわけだ！」

「それは入荷してる魚介類によると思う」

テンション高く全力で楽しむ結姫を見てると、アホな言動もあって飽きない。

一人でも走り回って、自由にできる時間を本気で楽しんでる。

とはいえ、だ。朝早く家を出たから、お腹も空いた頃だろう。

「結姫、そろそろ移動する？」

「お、次の場所だね！　行く行く！　また江ノ電だ〜！」

ご機嫌そうに駅へ駆けていく結姫を見ると、心底から安心する——。

やってきたのは、鎌倉駅を降りて少し歩いた場所にある着物店。

ここは、結姫が『やりたい』と望んだ場所だ。

「これ、やっぱり変じゃないかな？　絶対、僕には似合わないだろう……」

慣れない服装に戸惑う。

唯でさえ、魅力的な結姫の隣を歩くには不釣り合いなルックスなのに……。

店員さんの「身長が高いですから、よくお似合いです。身体が細いですから、少しタオルを入れれば、もっと似合いますよ」というお世辞らしい言葉に任せ、着せ替えられていく。

結姫より早く着替え終わったな。

この後のルートを再確認して待つか。無駄は省いて、一杯楽しませたい。

すると――

「――惺くん、どうかな？」

レトロモダンな着物へ身を包んだ結姫が、おずおずと僕の前に歩いてきた。

凄く、綺麗だ……。派手じゃない着物だからこそ、結姫の可愛さが際立ってる。

いつかの江ノ島で写真を撮ってくれた、お兄さんの写真みたいだな。

よく見れば見るほど、新しい発見と魅力があって……。

見とれすぎて、言葉を失っちゃう。

「あの……。黙られると、ちょっと私も困っちゃうんだけど？」

「あ、ああ。その、言葉が出ないぐらい似合ってるよ。着物姿、初めて見たからさ」

「う、うん。私も七五三の時に撮ってもらった写真以来だから……。あははっ。物心ついてから慣れない服を着ると、何か照れるね？」

恥ずかしそうに口元を綻(ほころ)ばせる姿も、輝いて見える。

いつかの時代に存在した姫様の、お忍び姿だと聞いても疑わないと思う。

「これで一緒に街を散策かぁ。私から言いだしたけど、慣れるのに時間かかりそう」

「気持ちは分かる」

「惺くんは背が高いから、似合っててていいじゃん！　ずるい！」

隣に立つのを認められるように、僕は仕上がってるらしい。結姫の中でだけは。

それなら、よし。もう恥ずかしくない。恥ずかしくないというか、どうでもいい。

結姫がいいなら、僕はそれでいいんだ。

「じゃあ、早速だけど行こうか？」

「う、うん。躓(つまず)いたら、支えてね」

「もちろん。結姫の代わりに自分が転ぼうと、必ず助けるよ」

「大袈裟！　自分も転ばないで、普通に助けてね！」

荷物と服を店に預け、僕たちは着物姿で鎌倉の街へ繰り出した――。

服装を整えやってきたのは、鎌倉小町通り。

ここは――

「――お団子、抹茶だって！　美味しそう〜。あれ食べよう！」

「りょ、了解。買ってくるね」

そう、食べ歩きだ。

店で買って食べて回るとか、初めてで心が落ち着かない。

作法が分からないから……。

「高校生になってお小遣い増えたから、自分の分は自分で買う！」

以前の江ノ島、僕が一方的に料金を払ったことを根に持ってるのかな。

既にお金を手に握ってる。

これは無理に断ると、逆に拗ねさせちゃうかな？

仕方なしに、僕は結姫が買いたい抹茶以外の味を選んで買う。

「うわぁ〜美味しい！　もっちもちの触感も最高だぁ！」

店内の飲食所で一際騒がしい僕らだけど、最高の宣伝になるんじゃないかな？

僕の瞳にはコマーシャルみたいに映る。それぐらい美味しそうに食べてるから。

店員さんも嬉しそうに笑ってる。問題ないらしい。

情報通り、鎌倉小町通りは食べ歩きの名所。

結姫が楽しむかなと思って選んだけど、これも大正解。

着物姿で美味しそうに団子を頬張る姿が、めちゃくちゃ絵になる。

ゴミを片付け店員さんにお礼を言い、また小町通りを歩きだす。

「あれ！　惺くん、あれも確実に美味しいよ～！」

「鎌倉コロッケ？」

「私、紅芋(べにいも)コロッケがいい！」

「じゃあ僕は、二番人気の牛肉コロッケかな」

お店に並びながら、看板を見て何を買うのか話し合う。

ただ僕は、食べ歩きの本当の意味を理解してなかった。

「ここ、飲食スペースとかないタイプなんだ。……道を歩きながら食べるのか」

「そうだよ！　お祭りとかの出店も同じでしょ？」

「僕、そういうの行ったことないから」

「奇遇だね！　私もだよ！」

奇遇でも何でもない。

人混みのある中、自由に歩き回れなかった結姫。

食べながら歩くなんて行儀が悪いと、許されなかった僕。

二人とも初めての体験なのは、当然だった。

「凄く、悪いことをしてる気分になるよ」

「ルール違反じゃないって！　お店の看板にも『周りに気を付け、歩きながら食べてください』って書いてあったでしょ？」

「ここのルールは、そうするのがマナーってことか」

「新しい世界を知れるって、楽しいね！」

楽しんでる結姫の気分に水を差すのも悪い。

周りを見ても、注意されることなく食べながら歩いてるしな……。

抵抗感は強いけど、思い切って歩きながら口に入れてみる。

「あ、美味しい……」

「こっちもだよ！　お芋の甘さが口に広がる～！　そっちのも一口、ちょうだい！」

「あ……」

ちょうど結姫の顔の横辺りにあった牛肉コロッケを、結姫がサクッと頬張った。

間接キスとか行儀が悪いとか気にしてるのは、よくないよね。

いや、何か結姫も、少し恥ずかしそう？

「お、美味しいなぁ～。うん、凄く美味しくて嬉しいなぁ」

「それは、何というか……。うん、良かったです」

「何で敬語なのかな？　悍くん、はい！　紅芋の方も！　等価交換だよ？」

「……本気、だよね」

結姫が歩きながら差し出すコロッケは、揺れてる。

ぷるぷると小刻みに震えてるのは、道を歩きながらだろうか。

それとも腕の疲れや、他の理由があるのかな？

周りの迷惑にならないように、小さく一口頬張ってみる。

「ど、どう？」

「うん、うん……」

「『うん』だけじゃ分からないよ～！　もうっ！」

いや、コメントに困るんだってば……。

結姫が望み喜ぶなら、何でもする覚悟だったけど……。

これは少し、罪悪感もある。

本来、こういうのはカップルがすることだと思うから――。

太陽が傾いてきた頃。

浄妙寺バス停を降りた僕たちは、夕焼けに染まる旧華頂宮邸へとやってきた。

ネットで見ただけだけど、昭和初期に西洋のハーフティンバー洋式で建てられた、凄く綺麗で落ち着ける庭園が見学できる場所らしい。

「凄～い！　和服でヨーロッパっぽい建物の前に立つって、いい絵になるよね！」

「そうだね。大正ロマンとは違うけど、似た感じがするよ」

「惺くん、ここを予定に入れたのってさ。私が爽やかな空気を吸えるようにでしょ？」

「……人混みだけじゃ、疲れるかなってさ」

結姫にはバレてたか。

埼玉にも、テーマパークで自然を楽しめる場所はある。

だけど着物と洋館という非日常の組み合わせは、結姫が喜ぶ体験だと思ったんだ。

「も～、そんな気を遣ってばっかりじゃなくさ、自分が行きたい場所も組み込もう？」

「ここも行きたかったよ。紫陽花とか植木が、綺麗に手入れされてるらしいから」

正直、人混みを避けたかったのは僕も一緒だ。

そろそろ、気分が悪くなる頃かなと思ったから……。

こういうスポットがあるのは、休憩にもなってラッキーだなと思ったんだよ。

「それなら、よし！　いざ庭園、お金持ちになった気分で満喫しよう！」

パタパタと草履を鳴らしながら、結姫は庭園の深くまで進んでいく。

お姫様みたいだなと最初に思ったけど、実際にいたらお転婆な姫だったに違いない。

やがて、名物と言われる紫陽花や植木のスポットに着き――

「――うわぁ……。綺麗、可愛い」

知らなかった。

植木が、ハート形に剪定されてるなんて……。

夕陽が差し込む洋館、目の前で照らされるハート形の枝葉。

そして、着物に身を包み感嘆の息を吐いてる結姫。

これは……綺麗だ。美しい。

ヒントとして与えられた『瓶の中の輝き』にも一致するだろう。

カササギも、この光景を見てれば満足してるに違いない。

「……惺くん。素敵な景色を見られて、幸せ。ありがとうね」

「僕は何もしてないよ」

「ううん……。惺くんがいなかったら、私は心が折れてた。強くあろうって、思えなかったんじゃないかな。いつまでも治ってくれない病気に負けて、生きることを諦めちゃってたと思うの」

「……そうならなくて、本当に良かった」

そうなってたら、僕の生きる意味も理由もなくなってたよ。

奇跡の余命取引に辿り着けたのは、きっと結姫が諦めず闘う『生き方』が輝いてたから。だから、カササギも僕の前に扉を開いてくれたんじゃないかな。
あの子を救えってさ……。
それは、さすがに都合よく考えすぎだろうか？
普段の生活では見えないだけで、世の中には病と闘う人が一杯いるんだろうから。
「……惺くん、あのね。あの……私の話、聞いてくれる？」
「もちろん」
「………」
何だろう、様子がおかしい。目を潤ませながら黙るとか、結姫らしくない。
まさか、遂に僕と離れて高校の友達と一緒に遊ぶ時間を増やしたい、とか？
結姫まで僕から離れるのは寂しいけど、それなら仕方ない。
身体が動くようになったんだ。
望む人と付き合うべきだ。
凛奈ちゃんとか——輝明とか。
それでいい、いいんだ……。
仕方ないんだからさ……っ。
僕の胸の痛み、消えてくれよっ！
その方が結姫の幸せのためだろっ？

「私──惺くんのことが好き」

「……ぇ？」

今のは、僕に向けて言った言葉、だよね？

ちょっと待って。待ってよ。

「昔から真面目で頑張り屋さんで……。病気が悪くなるにつれて、皆が私にどう接していいのか分からないで離れてった。それでも、惺くんは最後まで一緒にいてくれた」

この好きって──兄のような存在として、とは思えない雰囲気だ。

そんな、まさか……っ。話が違うだろう？

待って、お願いだから待ってよ。

「そんな惺くんが、私は好き。大好きで、特別なの。これから先も、ずっと一緒にいたい！　その、こ──恋人として……」

嘘だろう？　僕が、結姫の恋人？

そんな有り得ないこと、聞き間違いに決まってる……っ。

「ぁ、あの、結姫？」

「……絶対に後悔はさせません。終わるのが嫌なぐらい、楽しい毎日にしてみせます」

「いや、だから……っ」

「だから、悍くんの恋人にしてください！」

結姫の恋人に、僕が……っ。

「——ダメ、でしょう」

結姫は——輝明のことが好きなんじゃなかったのか？

「……わ、私じゃ、ダメ？」

「あ、いや！　違う！」

つい言葉が口から出てしまった！

涙目になって、結姫がショックを受けてる。

違う、結姫がダメなんじゃないんだっ！

何で、何でこんなことに……っ！

「僕なんかじゃ、結姫には不釣り合いだよ。こんな地味で、教室でも一人でいるしかない。皆に迷惑をかけて、見捨てられた男なんか……」

「私は、悍くんを見捨てないよ。だから、お願いします」

結姫のお願いや望みなら、何でも叶えてあげたいと思ってた。

幸せに笑ってくれるなら、それこそ何でも。

それでも、これは……っ。どうなってるのか、理解が追いつかないっ。

「ゆ、結姫は、輝明くんが好きなんじゃなかったの？」

「……え？」

涙目だった結姫が、口と目を見開きながら硬直してる。

どう、なんだ？

心臓が高鳴って、治まってくれない。

「私が好きなのは、惺くんだけなんだけど……」

「そう、か。……そう、だったのか」

「私、嘘は言わないよ？　だから、これは本気の告白」

結姫が輝明を好きだったのは、僕の勘違いだったのか……。

良かったって安心してしまったのは、間違いだ。

女の子としても好きな結姫に告白されて、嬉しい。それは間違いない。

だけど自分の気持ちに素直になれば、結姫を傷付けるのは目に見えてる。

「…………」

「……惺くん、どうかな？　私の気持ち、受けてくれない？」

受けたい。今すぐ結姫の手を取って抱きしめたい。

だけど——僕たちには、先がない。

余命が残されてない。

僕の寿命を一年だけ結姫に渡せたけど、結姫は笑えなくなれば亡くなる。

あぁ……。本当は、結姫を一生幸せにしたい。

お婆ちゃん、お爺ちゃんになっても、想い合って幸せな家庭を築きたい。

そんな未来がくる可能性があれば、僕は迷わず全力で手を取るのに……。

現実、残酷すぎるでしょう。

どれだけ辛く望まなくても、突っぱねなければいけないなんて……。

どう転んでも、こんな良い子と二人で先を見られる未来がないなんてさ。

「……ごめん」

「……ぁ」

目を伏せながら謝ると、結姫の悲しげな声が鼓膜を揺らした。

結姫の余命を延ばすには笑うことが必須なのに、頑張ってした告白を断られた結姫は、笑顔を失ってしまうかもしれない。

もしかしたら、このせいで結姫がいなくなる？

嫌だ、嫌だ。

またベッドで苦しみ最期を迎えるなんて、絶対に嫌だっ！

「そっか……。そっか、私振られちゃったのか。あはは……。仕方ない、かぁ」

何とか、何とか結姫に笑ってもらえる方法を提案しないとっ！

「輝明くん……」

「輝明くんと付き合うのはどう!?」

「……ぇ？」

「……は？　惺くん、何を言ってるの？」

「輝明くんなら結姫を笑顔にしてくれるんじゃないかな!?」

「待って待って、ちょっと待ってよ」

「前みたいに、ううん。前よりもっと仲良くしてたし――」

「――待ってってば！」

結姫の湿った怒声に、スッと冷静になる。

こんなに悲しい顔で怒ってる結姫、初めて見た……。

「私が好きなのは惺くんだって言ったじゃん！　何でそんな酷いこと言うの!?」

「……僕より、輝明の方が結姫を幸せにできる。笑顔にできるから」

僕が自分の気持ちを優先して、結姫の想いを受けられるわけがない。

「まだ自分なんてとか思ってるの!?　私が好きじゃないなら、そう言ってよ！」

「嫌いなわけ、ないじゃないか。結姫は、凄く可愛くて優しくて魅力的だよ」

手を取った数ヶ月後にはバイバイなんて……。その方が、結姫に残酷だ。

「じゃあ――」

「──だからこそ結姫には、もっと相応しい人と幸せになってほしいんだ」

「ぁ……」

絶望したように、結姫の唇が真っ青で震えてる。

まさか、こんなことになるなんて……。

それでも、これは結姫のために受け入れるべきじゃない。

「もう、いいよ……。うん、分かった」

ふらふらと、結姫はバス停の方へ向かい歩き始めた。

その足取りが、今にも転びそうで……。

「結姫……」

「ごめん、来ないで。……今は、一人になりたいの」

「そう、だよね……。だけど、心配なんだ」

自分でも、どの口が言うのかと思う。

頭が冷えてみれば、告白してくれた子に最低最悪なことを言ってしまった。

自分で自分が許せない。

唯一、大切な子に取り返しのつかない傷を付けた。

僕は、僕が大嫌いだ……。

「大丈夫。明日には、いつも通りになるから。……私、諦め悪いからさ」

「……分かった。じゃあ、視界には入らないようにする」

「まるで、対等じゃない保護者だね。そっか、だから違う人を薦めたのかな」

「それは、違う……。僕が冷静じゃなくて、最低だっただけだよ。ごめん」

余命のこと、結姫の笑顔を失わせるわけにいかないと……おかしくなってた。

結姫は答えることなく、力ない足取りでバスに乗る。

無言の空間。変なことを言った後悔と、どうすれば笑顔を取り戻せるのか。

痛む頭と胸を押さえながら、結姫の後ろに座りバスに揺られ続ける。

「……酷いことを言われても、負けないよ。そうやって病気とも闘ってきたんだから」

独り言のように、囁くような声。

それなのに、胸の奥まで染みる。

「惺くんが後悔するぐらい自分を磨くよ。……だから今日だけ、気持ちの整理させて」

胸に空いた傷口に、塩水でもかけられたような思いだ。

大好きで仕方ない子を、こんなに傷付けるなんて……。

本当は、振りたくなんてなかった。

告白してくれてありがとう。いや、僕から告白させてほしい。

それぐらい、大好きだったのに……。

どうして、余命なんかあるんだろう。どうして、こうなっちゃったんだろう？

結姫の隣に相応しいと自信があったら、嫉妬で酷い提案もしなかったかもしれない。

僕の心が鬱屈として淀んでなければ、変なことも口走らなかったかもしれない。

結姫が病気じゃなければ……。

そんな考えても仕方がない『もし』と『たられば』が、溢れてきて止まらない。

狭山市に帰ってきて家へ向かうと、結姫は何も言わずに玄関に入った。

あんなに落ち込んでる姿、初めて見た。

元気になって誰とも仲良くなれるのに、僕と関わったせいだよな……。

「せめて、最期に……」

僕のやるべき役目だけ、果たさなければ――。

週明けの学校は、酷く憂鬱だった。

結姫が明日には元に戻ると言ってたから、日付が変わると同時に
『無神経なことを言って、本当にごめん。これから結姫は、どうすれば笑ってくれる？　何をしたい？』

そうメッセージを送った。

メッセージは、放課後になっても既読になってない。

期待を裏切り、最低な言動をした僕には当然の報いだよな……。

結姫の今後を思えば、結姫と一緒にいたいなんて気持ちは持つべきじゃない。
そんな欲望は結姫の命を奪いかねない、罪深い感情だ。
あの場で輝明を彼氏に薦めたことは、本当に致命的な間違いだった。
それでも余命のない先々を思えば、断ることは正しい選択だったと思うけど……。
笑えてないだろう今、いつ結姫が命を落としてもおかしくない。
結姫からメッセージも返ってこないし、昼休みも教室に来なかった。
最低な僕に会いたくないというなら、それを尊重するべきだ。
これ以上、僕が会えば……もっと傷付けて、今度こそ命を奪っちゃうかもしれない。
多分、昇降口までの道で結姫が待ってることもない。鉢合わせることもないだろう。
それでも念の為、急ぎ足で階段を降り下駄箱を目指す。
そんな時――
「――……凛奈ちゃん？」
不穏な空気を漂わせた凛奈ちゃんが、下駄箱へ寄りかかるように待ってた。
「ちょっと付き合ってください。拒否権はないです」
以前よりも、さらに強い憎しみ、怒りや悲しみを帯びた瞳で告げた。
手には僕の靴をぶら下げてる。
これは絶対に逃がさないっていう、強い意思表示だよな……。

人目のない体育館裏にやってきた途端、凛奈ちゃんは僕を睨みつけながら

「――結姫から聞きました。告白したけど振られた。それも高橋先輩と付き合うように勧められたって」

そう、口を開いた。

「そっか。……結姫、笑えてた？　これからは幸せになれそう？」

「聞いてるのは私です！　何で結姫を悲しませたんですか⁉　悲惨な提案まで、何でですか⁉」

「僕じゃ、相応しくないから」

「それは結姫が決めることですよね⁉　そう言われなかったんですか⁉」

「……言われたよ」

「だったら、何で結姫を今さら突き放すんですか⁉」

まさか、カササギとの余命取引契約の件を話すわけにもいかない。

いずれにせよ、悪いのが僕だけなのは間違いない。罪は全て、僕にある。

それに昨夜、改めて僕は覚悟を決めたんだ。

「僕はね――いつ死んだって構わないと思ってる」

「な……んで」

ジワッと、凛奈ちゃんの瞳から涙が滲んできた。

きっと僕が死にたいのを悲しむんじゃなく、『何でこんなやつに、結姫が告白したんだ』と考えてるんだろうな。

それでいい。いや、それがいい。

「あれだけ死と闘い続けた結姫から一度も離れなかった空知先輩が……。何で、何でそんなことを言うの!?」

僕の胸ぐらを掴む腕は、小刻みに震えてる。

口調、昔みたいに戻ってるよ……。見た目は違うのに、まるで昔と重なって見える。

本当、時間と環境は残酷だよね。何もかもを変えて、違う色に染めていく。

「何で、何で抵抗しないの!?」

「そんなことをする権利もないよ。……僕は皆への恩を、仇で返してきたから」

「……やめて」

苦しく呻くように、凛奈ちゃんは目を伏せた。

「……何を?」

「その目を！　私みたいな目をしないでよ！」

「凛奈ちゃんみたいな、目？」

「私は空知先輩が……優惺くんが大っ嫌い！　同じぐらい、自分のことが嫌い！」

「凛奈ちゃんは結姫を支えてる。凛奈ちゃんの隣で、傷付くことなく対等に結姫は笑ってる。僕みたいじゃない──」

「──同じなんだよ！」

凛奈ちゃんの瞳から、ポロッと涙が頬を伝い落ちていく。

どうして、そんな辛そうな表情で僕を見るんだ……。

「……私自身のことは、自分では見えないよ？　でもね、客観的にはよく見える」

「客観的に見て、僕と凛奈ちゃんが同じだって言うの？」

そんなはずはない。

今だって結姫のために本気で怒れる凛奈ちゃんは、僕みたいに諦めてないんだから。

「優惺くんは、間違えてるよ……。結姫を悲しませるようなこと、言わないで。避けないで……。私みたいな間違い犯さないで！」

感情の昂ぶった凛奈ちゃんに、僕は何て返せばいいんだろう？

結姫を悲しませてる。その原因が、僕なら……。

それなら、やっぱり──。

「──結姫ちゃん、こっちだ！　いた！　おい、二人とも何やってんだよ!?」

「輝明、くん？」

「凛奈ちゃん、優惺から手を離せって！」

意地でも胸ぐらを掴んだまま離そうとしない凛奈ちゃんの手を、輝明は懸命に剥がそうとしてる。

そのたびに、頭ごとぐらぐら揺れる視界の中――。

「――惺くん！　凛奈！」

絶叫のような結姫の声が耳に響く。

途端、我に返ったのか凛奈ちゃんが手を離した。

「ねぇ、何があったの？」

「ごめん、全て僕が悪い。凛奈ちゃんも結姫も、何も悪くない。……いつも通り、僕が全て間違えてる」

「そんな説明とか自虐的な言葉じゃ、分からないよ。お願い、ちゃんと説明して？」

切なそうな声で語りかけてくれる結姫の瞳を見つめる。

あぁ……。綺麗だな。僕とは似ても似つかない、キラキラと希望に満ちた瞳。

不安に揺れてる姿でさえ、薄く滲んだ涙の中で輝いてる。

いつも、いつもそうだ。

僕は涙を流さないと決めてる結姫に、耐えさせてばっかりだよね……。

「大丈夫、もうすぐ……。こんな不幸を撒き散らさないような取引をするから」

「……取引？」

「……何でもない。心配いらないよってこと」

感傷に浸りすぎたのかな。つい口を滑らせちゃった……。

「ごめん、迷惑かけてばっかりで。また皆と話せて、少し嬉しかったよ」

「何で過去形なの？　また皆で仲良くしようよ？　私も一緒に謝るからさ……」

ごめんね、結姫。もう、過去形だ。今さらすぎるんだよ。

引き留めようとする三人を置いて、家に向かい歩く。

「優惺！　ちょっと待てよ！」

「……離してくれないかな？」

輝明に肩を掴まれ、足が止まる。痛いぐらいの力が肩に食い込んで……。

「絶対に、離しません。間違えてる優惺くんを、このまま行かせない」

「凛奈ちゃんまで……」

腰を押さえつけてるのか、背後から涙で湿った凛奈ちゃんの声まで聞こえてきた。

僕になんか、もう関わりたくなかったんじゃないの？

二人とも、何でそんなにも必死に止めてくるんだよ。

「……惺くん」

「……結姫。ごめん、僕は合わせる顔がないんだ」

二人が僕が去ろうとするのを止めてる間に、目の前には結姫が立ってた。

今は目を見て話すことどころか、視界に入ることすら、結姫の命を奪いかねない。

「もう、僕なんか見捨ててくれていいからさ」

その方が、いい。そうすれば僕は、人知れず結姫に余命を渡して去れる。

いつまでも不快な僕を見させてたら、結姫の命が危険だろうに……っ。

「放っておけるわけ、ないよ」

生きる意味も理由も、たった一つしか残ってない。

無気力な僕を、気にかけてくれる必要なんてないのに……っ。

「だって悝くん──今にも、死んじゃいそうな顔してるじゃん」

「……ぇ」

「自分を追い詰めて、ネガティブな思考に染まってるよね。だから、なのかな？」

「私が告白なんかしたから、苦しめちゃってるんだよね？　ごめんね。私が自分の気持ちを隠しておけば、よかったんだよね」

「違うよ……」

「違う、違うんだよ、結姫」

僕が死にそうな顔をしてるのは、別の理由なんだ……。

結姫と僕で、『好き』の種類が違ってたわけでもないんだ。

だから、そんな悲しそうに笑わないでよ。

「……結姫は何も悪くない。僕は、告白してくれた結姫を傷付けちゃった」

「確かに、私は傷付いたよ？　だって大好きな人に告白したら、断られた挙げ句に他の男を薦められたんだもん」

「そう、だよ。だから、僕なんかといたら結姫は笑えない。関わらない方がいい。返事がこなかったのも、縁を切られるのも仕方がないと割りきるしか」

　そこまで言った瞬間だった。

「ぁ……っ！　む、ね……。息が……っ！」

「ゆ、結姫!?」

「結姫ちゃん!?　おい、呼吸が、顔色も真っ青だぞ！」

「救急車、救急車呼ぶ!?　どうしよ、どこ押せば繋がるんだっけ!?」

　結姫が胸を押さえ、呼吸が……っ。

　これは、まさか――余命取引を打ち切られた!?

　僕が結姫から、笑顔を奪ったせいか！

「結姫！　早く僕から離れて――」

「――離れない！」

　病室で見たような、今にも命の灯火が消えそうな姿。

　そんな状態でも結姫は、足を踏ん張り、荒い息で声を張り上げてる。

　僕のせいで、結姫が……っ。早く、結姫の笑顔を取り戻さないとっ！

「絶対に、離れないよ……。言ったでしょ、私は諦めが悪い。明日には、いつも通りになるってさ……。少し遅れちゃったけど、約束、守るよ？」

「そんなことを言ってる場合じゃないよ！　結姫は、僕の傍にいるとダメなんだ！

そうだ、僕が消えればいいんだ！」

「おい、優悍！　こんな状態の結姫ちゃんを置いていく気か!?　させねぇぞ！」

「優悍くん逃げちゃダメ！　優悍くんだけは見捨てちゃダメ！」

結姫を見捨てるんじゃない！

このままじゃ僕の唯一守りたい存在を奪っちゃうんだ！

「悍くん……っ。私、死にそうな悍くんを、絶対に行かせないよ？」

僕は今すぐ、結姫が生き残るために離れるべきだ。

理性では分かってるけど、縋りつくように制服を掴んでる結姫の手を振り払えない。

「結姫、ダメだ……。お願いだよ、僕なんか忘れて今すぐ笑える人と一緒にいてよ」

言葉と行動が、一致してくれない……。気が付けば、結姫の手を握ってた。

ベッドの上で最期を迎えかけてた時みたいに、弱々しい……。

「結姫、僕は結姫に生きてほしい。だから僕を見捨てて――」

「――いやだっ！」

言葉が急に力強くなって、喧噪が静まり返った。

思わず見つめ返すと、結姫の目に力が籠もってる。

荒い息の中

「今にも死にそうな悍くんを、絶対に見捨てないからね」

結姫は微笑みながら、優しい声を聞かせてくれた。

本当は今すぐ見捨てて、結姫に助かってほしい。

だけど、そんなことを言える雰囲気じゃなくて……。

「悍くん、両親のこととか人と関わるのに臆病になったり……。色々辛かったよね」

「……病気と闘い続けてる結姫と比べたら、辛いうちに入らないよ」

「私ね、心配りとか、気配りって言葉が大好きなんだ」

何故だ……。少し、結姫の呼吸が落ち着いてきてる？

取引が、継続された？　いや、そもそも他の病気だった？

「思う心を配る、気持ちを配るってさ、相手が嫌がらない素敵な配りもので……。受け入れ合うのが前提でしょ？　余計なお節介なら無視できちゃう押しつけと違って、優しさが根底にあるのが気配り、心配りだと思うの」

「……結姫は、笑顔とか元気、優しさも配れる人だと思うよ」

出会った頃から、僕ばっかり配られてたね。

優しさが籠もった心を沢山届けてもらって、今まで生き抜けた。

周囲を悲しい気持ちにさせない結姫の気配りとかにさ、皆が救われてたよ。

「だからね、私は生きてほしいって、自分勝手な気持ちも押しつけないよ。自分から生きたいって気持ちとか、楽しいって感じる心をさ……。惺くんに配れたら嬉しいな」

心を配るのと押しつけるのは、似てるようで違う……。

そんなことにも、僕は気が付いてなかった。

もしかして僕は――間違った選択へ向かっているんじゃないか？

結姫に『生きてほしい』じゃない。

身勝手に、『僕の代わりに生きろ』って押しつけようと……。

「な、なぁ。もう大丈夫なのか？」

「結姫……。発作、落ち着いた？　顔色も、呼吸も戻ってる」

「あ、本当だ。いや～元通り！　輝明先輩、凛奈。心配かけてごめんね！」

快活な笑み、元通りの元気な姿を取り戻してた。

結姫が、生きて笑ってくれてる。

二人が一緒にいてくれたからか？　それが、結姫の輝きを取り戻した？

「結姫……。良かった、本当に良かった」

「ぇ」

元通り、元気な結姫の姿を見たら――思わず、細い身体を強く抱きしめてた。

「ぁ、あの……。悍くん？　昨日振ったばかりの相手に、これは一体？　え？」

腕の中で混乱してる結姫の声が聞こえる。

しまった……。僕は感情に流されて、とんでもないことをしてた。

「ご、ごめん！」

「ぁ……。ふわふわして、落ち着いたのになぁ」

どこか名残惜しそうな声で顔を真っ赤にしてる結姫だけど、冷静に有り得ない。

手酷いことをした子の純情を弄ぶような真似は、絶対にダメだ。

こんなことを続けたら、今度こそカササギに契約を打ち切られて結姫が命を落としてしまうかもしれない。それは、絶対にダメだ。

「結姫、落ち着いて良かった。この後、病院に行くんだよ？」

「うん。もう大丈夫だと思うけど、分かった」

「念の為、絶対に行って」

ほぼ間違いなく、今回のはカササギからの脅しだと思ってる。

だけど万が一、新しい病気だったなら病院で対処するべきだ。

「皆、結姫を任せたよ。それじゃ、僕は帰るから！」

これ以上、僕が結姫の気持ちを引っ掻き回しちゃいけないんだっ。

視界から早く消えるように、全力で走れ！

「あ、優悍!? 病院、お前は行かないのか!?」

「そうですよ！ まさか、逃げるんですか!?」

違う。僕は知ってるんだ。

結姫の抱えてる病気は、沢山の医療スタッフが全力を注いでも手の施しようがない。

僕にできる最善は結姫の笑顔を……。いや、命を奪わないように去ることだ！


「――悍くんが生きたいって願えるように、私がしてみせるからね！ 諦めないよ！」


背後から、結姫の宣言にも似た大声が聞こえてくる。

ダメだ、足を止めるな！

これ以上を考え求め迷ったら、今ある何もかもを失いかねないじゃないか……っ。

心臓が割れそうな鼓動。肺が割れそうな荒い呼吸。汗が流れ込んで痛む目。

全て無視して、アパートへ駆け込む。

扉を閉めた瞬間、玄関扉に背を預け、ズルズルと座り込んでしまった。

力が抜ける……。

僕が結姫の笑顔を奪ったせいで、危うく結姫の命を……奪うところだった。

もう僕は、結姫に関わらずタイムリミットを待った方がいい。

カササギと契約更新を約束した七夕まで、残り数週間だ。
一人になりたいって言葉で、見逃してもらえるだろう。
下手に結姫と関わって、あの輝きを鈍らせちゃいけないんだ。
「ごめんね、結姫……っ。こんな僕にも諦められないことが、一つだけあるんだ」
生きる意味や理由も、未だ分からない。何となくで生きてる。
そんな僕に、たった一つある譲れない信念。
「結姫のためなら、僕は死んでもいい」
ああ、頭に浮かぶなぁ。
この、奇跡のような一年間――
「――君が生きて笑う将来を迎えることだけは、どうしても譲れないんだよ……っ！」
祝福するように輝くＬＥＤに照らされ、シーキャンドルでトラウマを克服する姿。
初めての体験に笑顔を弾けさせる瞬間。
豊かで分かりやすい、君の喜怒哀楽。
着られないと宣告されてた高校の制服を着て、最高の笑みを浮かべる結姫の表情。
わずか中学三年生で、周囲に愛されながらも命を終えてしまうはずだった。
それでも闘い続けたからこそ掴んだ、奇跡のような現実。
決して、失っていいものじゃないんだ――。

「――お待ちしておりました。優しさを履き違え、人の好意も想いも、全てを無駄になさる。怠慢(たいまん)に勤勉で、実に愚(おろ)かな客人よ」


僕が愚かなことなんて、言われなくても分かってるさ。

結姫には極力近付かず、遠くから身体が無事なのを見守ることに徹して迎えた――七夕の夜。

去年と同じく狭山市の病院敷地内を彷徨い歩き……気が付けば、また怪しい店の中にいた。

大袈裟な身振りで迎えたのは、顔の上半分を白い仮面で覆い黒の燕尾服を着た男。

そう、カササギだ。

僕は今年も、カササギの取引相手として認められたらしい。

お試し契約を途中で打ち切られず、結姫が一年を生き延びられて良かった。

だけど今日の取引、本番はここからだ。

「カササギ。ここは対価次第で、何でも取引ができる店。そうですよね？」

「ええ、ええ。以前もお伝えした通り、私は嘘や忖度(そんたく)が嫌いです。当然、私自身の言葉にも嘘偽りはありませんよ？」

それを聞いて、安心したよ。

カササギの能力にも限界があると言われたら、どうしようかと思ってたから。

「今回の命の取引で……。僕の余命を全て、結姫へ渡してください。いえ、僕は最初から、この世に存在しなかったことにしてください。――人の記憶からもです」

これこそ僕が考え続け、諦めず訴えようと決意した願いだ。

一年後には終わるかもしれない、半端な契約じゃない。

そう、『あなたが死にたいと思い適当に生きた一日は、誰かが本気で生きたくて仕方がなかった一日だ』という言葉。

本気で生きてくれる大切な人に渡せるなら、全ての日々を渡そうじゃないか。

生きる意味も理由も分からない適当な命が続くより、僕を知らない結姫が本気で生きる命の方が、圧倒的に尊く美しいと決まってるんだから。

ゆっくりと、カササギの口元が半月のように歪んでいく。

まるで悪魔のように怪しげな雰囲気に、背筋を汗が伝った――。

四章　余命契約、残り——

僕の寿命を全て、結姫に渡してほしい。

僕は消えて、そもそもいなかったことにしてほしい。

その願いを聞いたカササギは、顎に手を当てながら店内の瓶を眺めてる。

どうなんだ……。

この余命契約を結んで、本当の意味で結姫を助けてもらえるのか？

「空知さん。あなたの提示する取引——いえ、お願いの前に、一つ問いましょう」

「……はい」

「私が取引の条件として定めた〝対価〟は、何だと思われますか？」

「それは結姫の〝輝く笑顔と生き方〟です」

そのはずだ。

そうでなければ、この一年間で取引を打ち切られないわけがない。

「——赤点ギリギリ、ですねぇ……」

「……ぇ」

「お試し期間、と私は申し上げましたよね？　お試し期間で、たった一年の余命譲渡の対価だから、〝輝く笑顔と生き方〟のみで妥協して差し上げたのですよ」

「そんな……」

命の取引の対価として、充分じゃなかったのか？

「結姫の弾ける笑顔は、ここに並ぶ瓶にも負けない美しさだったじゃないですか！」

「ほう、そう思われますか？」

「思います。失うはずだった命を、大切に懸命に……。やれなかったことに挑む生き方は輝いてたはずです！」

「ええ。だから赤点ギリギリでも取引を継続したのですよ？　空知さんは、そこで思考停止なさって終わりですか？　他には思いつきませんか？」

他に思いつかないかと言われても、結姫の一年以上に輝かしいものは思いつかない。

カササギが望むのは、もっと他にあるのか？

瓶を眺めて考えても、分からない。

冷や汗が吹き出てくる……。

「ふむ、お分かりになりませんか？　空知さんの人生を封じる、この瓶を見ても？」

「……分かりません。教えてくれませんか？　必ず、用意します」

だから結姫に、僕の余命を全て捧げさせてほしい。

そして結姫や皆の記憶から、僕を消してほしいんだ。

僕なりに覚悟を込めた言葉のはずだった。

だけどカササギは――

「――これだから、依存で生きておられる方は……」

溜息交じりに、そう呟いた。

「……依存、ですか？」

「いえいえ、これまた私としたことが……。ヒントがすぎましたねぇ」

ヒント……。

カササギは、明確な答えを教えてくれる程に優しくも甘くもない、か。

前回と同じように、ヒントはやるから自分で考えろってことなんだろうな……。

しばらく僕なんか無視していたカササギは、その手に小さな光が一つだけ閉じ込められた瓶を抱えた。

他に陳列された瓶は、どれも沢山の星々が明滅しながら煌めいてる。

まるで夜空に浮かぶ天の川のようにさえ映る。

それに比べて、カササギが今抱えてる瓶の中身は……。

まるで弱々しいＬＥＤ電球が一つだけ、ポンと封じ込められてるようだ。

何というか、味気ない。

それどころか寂しそうにも感じて、あまり見ていたくない。

「違いを、ご理解されましたか？」

「何となく、ですが……。僕の人生は味気なくて、見応えがないってことですか？」

「私は風情ある輝きが好みでしてねぇ。この棚に並んでる光……つまるところ人生は、揺らめきながらも煌めいております。つい見守り応援したくなってしまいませんか？」

消えそうで消えず、一つの大きな輝きが弱まれば他の灯りが導くように、煌めきを取り戻していく。

そこに魅力的な何かを感じるのは、僕にも伝わる。

「さてさて、お話を戻しましょうか。空知さんの願い。それは即ち——何もかもを諦め、有効に死んで楽になりたい。要は、そういうことでしょうか？」

「……似てるかもしれませんが、違います」

「おやおや？　どこが違うと仰るのでしょうか？」

挑発するような声音だ。

そう思われても仕方がないけど……。

「諦め、死んで楽になる。そうではなくて……。せめて最期ぐらい大切な人の役に立って消えたいと——」

「——大切な人？　ふふっ」

「僕は何か、おかしなことを言いましたか？」

「いえいえ。あなたはご両親が大切な子息を愛したやり方を、なぞっているだけ。だから履き違えている。それを笑ってしまうのは無礼でしたね。お詫び申し上げます」

母さんや父さんが愛したやり方を、か。

妙に、しっくりきてしまうな……。

人は——誰かに愛されたようにしか愛せないって言葉があった。

だったら無意識で、愛情表現が似てしまうのも無理はない。

「僕が歪みきっているのは自覚してます。だから、どうしたら結姫のためになるのか。僕なりに精一杯考えて命を——」

「——あなたは生きる意味も理由も分からない。だから最も美しく輝いている者へ全てを投げ渡し己の犯した罪も清算せず消えて終わりたいと願ってる。愚かにも相手の真の希望や望みを尋ねもせず、対話や思考も放棄して身勝手に。何か違いますか？」

「…………」

返す言葉もないってのは、このことか……。

指摘されて、やっと自分が『愚か』と言われた意味を理解できた気がする。

結姫が笑うことや楽しむことに尽くしてきたけど、様子が変だと不審に思われた。

告白してくれた結姫に、身勝手に輝明を薦めた。

他にも結姫のためと言いながら、彼女を避けて七夕を迎えたり……。

確かに、僕は身勝手だった。

結姫のような気配りや心配りが、欠けていたと思う。

だけどカササギのことを話したら結姫に嫌な思いをさせるかもしれないのに、どう対話しろっていうのか。

一体、どうするのが正解だったんだよ……。

「少しでも現状を認められたようで、安心いたしましたよ。危うく、お引き取りを願うところでした」

知らず知らずのうちに、取引交渉を打ち切られるところだったのか。

危なかった……。

「非常に重い命の取引を行う上で、私にも自ら定めているルールがございます」

「ルール、ですか？」

「ええ。残念ですが、ここで全寿命の譲渡はいたしかねます。それでは、空知さんから手数料代わりの対価を頂戴できませんからねぇ。よもや、その手数料支払いすらも大切な人へ押しつけると？」

「……いえ、そんなつもりはありません。手数料代わりの対価を支払う前提で、最大何年の余命を結姫に渡せますか？」

尋ねるとカササギは、人差し指を一本立てた。

「残る余命を全て渡して――一年だけ残すという条件ですねぇ。空知さんの余命は、残り一年。来年の七夕までに私の求める対価を支払えれば、契約完了手続きと参りましょう。途中で打ち切りの場合は、ご想像にお任せいたします。よろしいですか？」

僕の余命が、残り一年になるのか。

あと一年で寿命を迎えるが構わないかという、普通なら恐れるような選択の提示。

それでも僕は、この瞬間に最期を迎えることを覚悟して交渉に来たんだ。

「それでもいいです」

「後悔なさらないですね？」

念押しのように聞いてくるな……。

生きる意味や理由が分からない者。あと愚か者だって僕を表現してたんだから……。

僕の出す答えなんて、分かりきってるだろうに。

「カササギも、人の生き方が好きで監視してたなら分かるでしょう？　結姫が望みを叶えて、受験に合格して、高校へ入学して……。あんな笑顔を可能な限り延ばせるなら、それでいいに決まってるじゃないですか」

「ふむ……」

カササギは僕の人生が封じ込められてるという瓶を、掌（てのひら）に乗せじっくり眺めてる。

「――いいでしょう。残り一年の余命契約、取引成立です」

「ぇ……」

瓶へと視線を向けたまま、カササギは確かに言った。

言った……よね？

これで、これで結姫は助かる。

助かるんだ！

歓喜に震えてる僕へ視線を移し、カササギは溜息を吐いた。

「さて、このまま帰しても結果は目に見えておりますねぇ。ふむ。それでは私から、もう少しだけヒントを差し上げましょう」

ヒント？

対価のか？

そうだった。

支払い不可として突如、契約を打ち切りにされる場合もあるんだ。

結姫が苦しむ姿なんて、もう二度と見たくない。

一言一句を聞き逃さないと集中した僕に向かい、カササギは――

「――冷静かつ客観的に現在の周囲、そして己を大切に見つめ直すとよいでしょう。そして私の好みは人の生き様。人生とは、自分一人で歩むものではございません。私が求めるのは、ここに並べられた瓶の中身のような関係でございます！」

僕の頭を撫でてから、両手を羽ばたくように広げ陳列された瓶を示す。

まるでダンスでも踊ってるかのように優雅で、胡散臭さが滲み出してる。

「これだけヒントを差し上げても改善がないなら支払い能力なしと判断いたします。

空知さんの寿命は頂戴した上で、余命の譲渡もいたしません。その取引内容でも、よいですか？」

「……分かりました。それで、結姫が救えるなら」

「……はぁ。これは期待薄ですかねぇ。しかし追い込まれたが故にこそ、というケースもありますか。打ち切りではなく一年後、契約完了の手続きでお会いできるのを祈っておりますよ」

明らかにテンションが下がった声から、僕には期待をしてない――いや、期待に応えられないのだろうという感情が伝わってくる。

一年後に、僕は死ぬ。

もし途中で対価を払えないと判断されれば、結姫まで死ぬ。

そんなの認められるか。

絶対に対価を見つけて、結姫に渡した余命を定着させてみせる。

絶対に、絶対にだ！

「くれぐれも精一杯、懸命に生きてください。私は契約不履行で即座に、いつでも余命契約を打ち切りとできる旨、ゆめゆめお忘れなきように。――それでは、失礼」

翌日。

学校でスマホに考えをメモしながら、周囲を観察する。

昨日カササギがくれたヒントを、一先ず纏めてみた結果だ。

おそらくキーとなるのは、四つ。

『犯した罪の清算』。

『相手の真の希望や望み、対話や思考を行い身勝手にならず』。

『冷静かつ客観的に現在の周囲、己を大切に見つめ直す』。

『天の川のように輝く瓶のような関係』だ。

この四つのうち、まずは分かりやすいものから取り組もう。

そうだな、『冷静かつ客観的に現在の周囲、己を大切に見つめ直す』というのは、やりやすいかもしれない。

早速、結姫の様子を観察するか。

そう決意した昼休み。

「結姫は、凛奈ちゃんと教室に入っていったな」

合わせる顔もなく、男子トイレに身を隠し隙間から結姫の様子を分析してた。

僕の教室へ向かう二人の姿が見えたけど……。

結姫は毎日、教室まで僕を迎えに来てくれてたのか？

何事もなく七夕の夜を迎えられるようにと、このところ昼休みはずっと教室から消えてた僕なのに……。

体育館裏の一件以来、結姫は『僕がしばらく一人で考えたい』という意見を尊重してくれてた。

「本当に、ごめん」

結姫の優しさに応えてない自分への嫌悪感で、押し潰されそうだ……。

今は合わせる顔がない。忍ぶように、二人の声が聞こえる位置まで近付く。

すると

「結姫ちゃん、凛奈ちゃん。いらっしゃい」

輝明の声だ。

「やっほ～輝明先輩！　今日は惺くん、いるかな？」

「いや、またサッと消えちゃってさ……。とりあえず、入りなよ」

「ん～、そっか。少しだけでも、元気な顔を見られればいいんだけどなぁ。もしかしたら今日は戻ってくるかもだから、お邪魔します！」

「……お邪魔します」

まるで、いつものことのように輝明が二人を誘導してる。

結姫の肩に触れ、誘導するように。

凛奈ちゃんも、結姫も……すぐに輝明やクラスの陽キャと楽しそうに会話してる。

「何で……。胸が痛い、何で痛むんだ、治まってよ……っ」

この数週間で輝明の方が結姫に好意を抱いてるのかと、また醜い嫉妬心を抱いてるのか？

慌てて男子トイレへ駆け込む。

個室で冷静に考えを整理しながら、キュッと締めつけられるような胸を押さえた。

「正しいはずなのに……。長くてもあと一年で、僕は消えるんだ。だったら、結姫が相応しい人と一緒にいるのは、正しいことだろう？」

それなのに、何でこんなに、胸がモヤモヤするんだ？

結姫の肩へ輝明の手が触れた瞬間、胸が押し潰れるぐらい痛くなった。

「……違う。嫉妬じゃない。あと一年で、あの笑顔が見られなくなるからだ」

輝明や、他の皆と仲良くなるのは願ってたことだ。

本当に、いいことなんだと思う。

カササギに願った通り僕の記憶を忘れ、結姫が輝明と付き合うのは素晴らしいはず。

だけど僕だけは……。

もう、結姫の笑顔を見られなくなる？

あの笑顔を、一年後には確実に——

「――ぅぉえええ……ッ！」

耐えられない吐き気が襲ってきて、思わず便器に胃液を吐き出す。

ずっと当たり前にあった結姫との日々が失われ、あの笑顔が僕の知らないところで僕以外の誰かだけに向けられる。

それが、こんなにも辛いことだったなんてね……。

最期を意識して……。

時間制限がないと、気が付かないもんだなぁ。

思考に感情が、ついていかない……。

まずは、汚れた手を洗わないと――。

「――何て情けない表情をしてるんだよ、僕は」

鏡に映る自分の顔は、悲痛に歪んでた。

この数週間、食べるのすら面倒で……。

今日に至っては、吐いた。

いや、こんな顔をしてるのは、それだけが理由じゃないんだろうな……。

冷静かつ客観的に周囲や自分を見つめ直してみると、過去の自分が明るい生き方を諦めて、心の安寧は結姫の笑顔に頼りっきりだったことへの後悔が止まらない――。

異変が起きたのは、その日の午後。体育の授業中だった。

目眩が止まらない。サッカーの最中、いつも通り立ってただけなのに……。

夏のはずなのに、寒い……。

あの店に招かれた時みたいに、世界が回り始めた。

これも、カササギからの報いなのか？

ダメだ、意識が遠のいて――

「――優惺!?」

てる、あき？

誰かが、僕を揺らしてる？

「先生、早く保健室に！　優惺が、空知が倒れてます！」

「何だと!?　おい空知、大丈夫か!?」

「しっかりしろ！　おい、なぁ！　目を開けてくれって！」

「揺するな高橋！　意識がない。誰かＡＥＤと他の先生を！　俺は救急車を呼ぶ！」

迷惑をかけるから、そんなことしなくても……と言いたいのに。

それなのに、口が動いてくれない。

視界も暗くなって、これはダメだ……。

ああ、大事になっちゃったなぁ。

「ぁ……」

これは話が耳に届いたら、結姫にも心配かけちゃうかも。

いや、もう僕のことなんて気にしないでくれれば――……。


白い、天井？

ここは……。

「あ、気が付きましたか？　ご自分の名前、言えますか？」

「……空知、優惺です」

「うん、大丈夫ですね。それでは、点滴を外したら帰って大丈夫ですよ」

この服装に発言内容からして、看護師さんかな？

じゃあ僕は、病院に搬送されて治療を受けた後ってことか。

ベッドから身体を起こすと、結姫の入院してた病院と同じ構造だった。

つまり、結姫やカササギ絡みで何かと縁がある病院に運ばれたってことか……。

「あの……。僕は、助かったんですか？」

「はい。先生も太鼓判（たいこばん）を押してましたよ。栄養失調と脱水しかないので、点滴で充分。

意識が戻ったら、そのまま帰って平気ですって。良かったですね」

「そう、ですか」

「本当は、まだ未成年なんで保護者さんと帰っていただきたいのですが……。お母様は、合わせる顔がないと……。少し顔を見たら、支払いや手続きをされて逃げるように帰られてしまいまして」

母さんが、僕の元へ来たのか？

まぁ、それはそうか……。

学校には、保護者の緊急連絡先として母さんの携帯電話番号を届け出てるはずだ。

「治療業務に関連しないので、お母様との仲は聞けませんが……」

「他にも、何かありましたか？」

「いえ、面会希望の女の子がいらしてるみたいで……。入院は不要なので面会はできないって伝えたら、ずっと外で待ってるらしいんですよ。もし彼女さんなら、無事を知らせてあげた方がいいんじゃないかなって」

「ぇ……」

僕に会いに来てくれる女の子？

そんなの、一人しか心当たりがない！

「ちょっ！　空知さん、急に走っちゃダメですよ!?」

「お世話になりました！」

周囲の人に気を付け、一階へ駆け降りる。

待合室を抜け玄関を潜ると——

「──結姫……」

「惺くん！　無事で良かった！」

僕の姿を見つけるなり、結姫が駆け寄ってきた。

こんなに近くで結姫と話すのは、どれぐらいぶりだろう？

あの体育館裏以来、か。

七夕が終わるまではと避け続けた僕なんかのために……。

「心配かけちゃって、ごめんね」

「ううん！　私こそ、惺くんを守るって前から約束してたのに、栄養失調にも気が付かなくてごめんね!?」

「僕は元々、骨と皮だけみたいな身体だから。気が付かないでしょ」

「それでもだよ！」

骨と皮だけみたいなのは否定してくれないのか。

ああ……。

こんな結姫とのやり取りも、酷く懐かしく感じる。

結姫のためにならないと決断して、避けてたから。

それも僕の身勝手だってカササギに指摘されたからには、もう避ける理由もない。

こんな嬉しい気分、久し振りだ……。

「惺くんのお母さんと会ったよ。……お金を沢山押しつけられてね、『私の代わりに、ご飯を食べさせてやってくれませんか』って……。ぺこぺこ頭を下げて、泣いてた」

「そう、なんだ……」

母さんは母さんで、僕に何か負い目を感じてるのかもしれない。

落ち着いたら連絡しないとな。

「母さんの願いを無理して聞かなくていいよ。今日からは自分でちゃんと食べるから」

「ぶっぶ～！　今の惺くんの言葉は、信用できません！　私が作ります！」

「えぇ……。でも迷惑をかけるし、料理は……」

「一緒に作ろうよ！　惺くん、私が未練を残さないように付き合ってくれるって約束したよね？　何週間も一人になる時間あげたんだから、いい加減に付き合ってよ！」

それを言われちゃうと、弱いなぁ。

距離を置いてた罪悪感が、胸をチクチクと抉る……。

カササギのヒント――天の川のように輝く瓶のような関係に、助け合いとかも関係あるのかもしれない。

もしかしたら、丁度良い機会なのかな。

頷くと、結姫はパッと光が灯った電球のように輝く笑みを浮かべた。

「惺くん、家まで歩けそう？　贅沢にタクシー呼ぶ？」

「いや、歩けるよ。あ、でも結姫が辛いなら……」

「ううん。悍くんが平気なら、私は歩きたいかな。ご飯の材料買いたいし、悍くんとも話したいから。……あ、私の言葉、重かったかな？　いや～反省！　もっと明るくいくね！」

「……そんな無理、もうしなくていいよ？　ネガティブな発言をして、いいんだよ」

僕の言葉が気になったのか、結姫はキョトンとしながら首を捻ってる。

ヒントにあったけど……。

真の希望や望み、対話をするためにも、変な気遣いはさせるべきじゃないだろう。

とりあえず、家に向かって歩きながら話をしたい。

思わず浮かんだ笑みを抑えるのが大変だ。

結姫の荷物を奪うように持ち、僕たちは歩きだす。

結姫はスキップしながら、ご機嫌そうにスマホをいじってる。

普通に危ないんだけど……。

まぁ、僕が結姫の分も周りに注意をしていればいっか。

「結姫、誰かにメッセージ？」

「うん。この間、『報告と連絡と相談が大事』って先生が言ってたからね。特に、心配して連絡を待ってくれてる人たちには、ササッと報告をしないとね」

「随分、嬉しそうだね」

「あ、分かる？　そっか、分かっちゃうかぁ～！」

中々、目にしないレベルで浮かれてる。

そんなにも、いいことがあったのかな――。


真夏だけど、手軽に栄養を摂れる料理ってことで鍋を作った。

これなら結姫も指を切ることなく料理ができるだろうって思惑もある。

一番は、結姫が埼玉名物の深谷ネギを買い物カゴに入れたがって譲らなかったから。

誰かと鍋をつつくのは、凄く温かい。心までも。

冷房をつけてても、鍋だから汗が吹き出ちゃうのは難点だけど……。

「ご馳走様でした！　何だ、惺くん食べられるじゃん！」

「だから言ってるじゃん。昨日までは、その……。食べるのを怠けてたんだよ」

「食べるのを怠けるって、珍しい言葉だね！」

正確には、食べなくてもいいと思ってたんだ。

七夕の夜に、全てを終えるつもりだったから。

だけど予期せずして人生は、あと一年間続くことになった。

あと一年、か……。

これは――自ら望んでつくり出した余命のはずなのになぁ。

何で僕は――……。

「……何か暗いというか、思い詰めてる？　やっぱり私、迷惑だったかな？」

「あ……。違うよ、迷惑なんかじゃない。ちょっと、考えごとをね」

「そう？　それなら、まぁ……」

何とも言えない、納得はしてない表情だけど、結姫も受け入れてくれたみたいだ。

言わずに結姫へ余命を渡せるのが一番だけど、対話や思考が大切ってヒントが気になる。

結姫には、カササギのことを相談するべきか？

どっちが答えなのか――

「――惺くん、これ！」

考え込んでると、視界に突然スマホのディスプレイが飛び込んできた。

映ってるのは、お祭りかな？

「彩夏祭（さいかさい）？」

「そう！　来月、朝霞（あさか）でやるんだって！　よさこいとか鳴子（なるこ）を踊って、その後に花火！　出店も沢山あるんだってさ！　行ってみたく、ないかな？」

最後にトーンダウンしたのは、鎌倉での一件を気にしてるからかな？

いや、僕が思い詰めたような表情をしてる——ように見えるせいかもしれない。

結姫に嫌な思いはさせたくないし、これを断ったら……。

きっと、悲しむよね。

「朝霞市なら、狭山市駅からも近いね。うん、行こうか」

「いいの!? やった〜！　断られたら、どうしようってドキドキしちゃったよ！」

不安そうな顔から一転、畳の上を転げて喜んでる。

あと一年で結姫とは、お別れなのに……。

僕はヒントとか関係なしに、結姫との思い出を欲してしまってる気がする。

これは、身勝手じゃないかな？

支払う対価に、悪影響を及ぼさないかな？

やっぱり僕が寿命を全て渡して、皆の記憶から消えるのが一番——……。

「……あれ？」

「ん？　惺くん？　どう、したの？　顔色、真っ青だよ」

「いや、えっと……。あれ？」

待て……。

待て待て待て！

カササギは、あの胡散臭い男は……っ。

余命契約を結ぶ時——僕が存在しなかったことにすると、一度も言ってない？

そうだ、ただ余命を渡すことのみの契約だった！

何てことだ……。

結姫の余命を長くする一心で、こんな大切な契約の漏れにも気が付かないなんて！

「悍くん？　どうしたの？　頭を抱えて……。やっぱり、まだ体調悪い？」

「いや、違う。違うんだよ……っ。自分の愚かさが、無能さが許せなくて……っ！」

このままでは——上手くいっても、結姫に僕が亡くなる場面を見せてしまう？

そんなの、絶対にダメだ。

結姫の笑顔が守れない！

何とか、何とか手はないか……。

来年の七夕まで、カササギに会う手段はない。

来年、契約完了の手続きで会おうと言われた。

それは、来年まで会うつもりがないってことだ。

こんな契約をしておいてっ！

「くそ……っ。やっぱり悪魔だったっ！」

「……悍くん、大丈夫だよ。落ち着いて？」

背を撫でてくれる結姫の手が、汗で肌へ張りつく僕のTシャツに引っかかってる。

それでも、嫌がるそぶりもない。

撫でるのも、やめない……。

こんな、いい子なのに……。

人の最期を見せるなんて、トラウマを植えつけたくないっ！

全てを事前に話しておけば、少しは結姫の傷が浅く済むか？

伝えたら結姫は、『諦めた行動をしないでよ！』って怒るかな。

いや、余計に悲しませてしまうのかも……。

「惺くん、深呼吸しよっか？」

「あ……。ごめん、もう大丈夫だよ」

結姫を家に送った後、一人で悩めばいいんだ。

僕には思考することが大切なんだって、カササギもヒントをくれたじゃないか。

「花火、楽しみにしてる。全力で楽しんで、結姫が笑えるようにしよう」

「惺くんもね？　そうだ、浴衣着ていこうよ！　その方が楽しそう！」

「浴衣？　分かった、買っておく。アルバイト代も入るから――」

「――それは食費に回して！　おばさんのお金もあるんだし、栄養と健康的な生活が優先！　自分のことも、しっかり考えてよ！」

怒られてしまった。

結局、浴衣は結姫のお父さんが家に置いてるのを借りることになった。

結構な数があるらしく、結姫が僕に似合いそうな色をチョイスしてくれるらしい。

面白そうに「どんな色を着せようかな」と想像してる姿も楽しそうだから、買わない選択は正しかったのかもしれない。

結姫を家へと送り届けた後、僕は改めて、どう自分の存在を終えるのか。

頭を悩ませ続けた。

結局、現状を打開できるような案は、何一つとして浮かばなかった――。


埼玉県朝霞市で行われる彩夏祭の当日。

今まで意識しなかった僕の余命が尽きるまで、あと十一ヶ月と迫った八月だ。

暑いとニュースでも噂になる埼玉県。

陽光がジリジリと肌を焦がして痛い。

心なしか、歩くだけで息も苦しい。

結姫と僕は――

「――うわぁ！　凄い、鳴子の音に踊りが綺麗！　これ、芸術ってやつだよね⁉」

「芸術とかは分からないけど、格好いいよね」

昼から地元の団体が披露する鳴子や、よさこい踊りを見ていた。

二人して浴衣。

あの時は着物だったけど、シチュエーション的に鎌倉の一件を思い出してしまう。

キラキラとした結姫の目が、僕の最期を目の当たりにしたらどうなるのか。

何も知らされずにいる方が、幸せなのか？

それとも……。

「……惺くん？　暑い？」

「あ、ああ。ごめん。考えごと」

「また？　う〜ん……。とりあえず、お茶飲みなよ！　はい、これ」

「これ、狭山茶（さやまちゃ）？　地元のスーパーで買ってきたのか」

狭山のお茶は有名だもんな。

脱水とか熱中症を心配して用意したんだろうけど……。

僕は結姫とは違うことを心配して、悩んでる。

演舞を見て、出店を回り……。

楽しい雰囲気の祭りの中——心に募るのは、この笑顔をどうすれば失わせないか。

そして、カササギがくれた四つのヒントへの思考ばかりだ。

結姫を可愛くて大切だと思えば思う程、自分の余命が少しずつ近付くのに恐怖を抱き始めてしまった。

覚悟はできていたつもりだったのに……。

猶予がある方が辛いなんて、思いもしなかった——。


夕暮れ時になると、少し早めに花火会場へと移動した。

「あかね公園なら、座って見られるかもなんだって！　花火も近い距離でね！」

「本当だ。開けた場所には、もうレジャーシートが敷いてあるけど……」

「そこは仕方ない！　私たちはイベント全てを満喫しようって欲張りなんだから！」

「欲張り……。そう、だよね。色々求めたら、何かを犠牲にするのは仕方ない、か」

そうだ。

何かを求めるなら対価を支払うのと、一緒だ。

全てを完璧に思った通りにしようなんて……。

カササギの言った通り、身勝手すぎたのかもしれない。

「悍くん、どうしたの？　難しい顔して、何か考えてる？」

「ううん。僕は結姫の笑顔が好きで仕方ないんだなって。それだけ」

「え⁉　きゅ、急にどうしたの⁉」

「改めて、そう思っただけだよ」

「あ、改めて⁉　い、いや〜。あの、ね？　急に言われると照れるというか、ね⁉」

「急じゃないよ。ずっと思ってた。結姫が笑えるなら、他に何も要らないってさ」

「……え？　何、それ？」

「い、いや、何でもない。座る場所つくろうか」

戸惑う結姫とレジャーシートを引っ張り合い、隣り合い座れる場所をつくっていく。

長い髪を結ぶ結姫と、夏の公園独特の土っぽい香りの中で今か今かと空を見上げる。

自分の命が時間制限付きだと意識すると、何だかこの時間が終わってほしくない。

感じたことがない不思議な感覚に陥っちゃうな……。

結姫は、ずっとこんな想いを抱えて生きてきたんだね？

気付くのが遅すぎたけどさ……。

いざ自分も同じ立場になって、やっと理解できた気がするよ。

会場にマイクでアナウンスが流れて、いよいよだと皆が暗い夜空を見上げる。

すると——

「——おぉ!?　きた、きたよ！」

一発目の花火が打ち上がり、どこからともなく拍手が沸き起こる。

内臓と鼓膜が、ズシンと揺れる感覚に、風に漂う火薬の香り。

宝物を見つけた子供のように無邪気な表情をした結姫も、一緒になって拍手してる。

微笑ましいな……。

まだまだ、この笑顔でいてほしい。

この時間が、永遠に終わってほしくないなぁ。

どうして時間は、前にばかり流れてしまうんだろう？

過去に巻き戻ったり、止まってはくれないんだろうね。

夜空を彩っては消えていく花火は瓶の中に詰められた輝きとは違うけど……。

もしかしたら、人の生涯と似てるのかもなぁ。

定められた期間で、一瞬大きく開き人々を笑顔にする。

そうして散るのも、定め。

本来の流れに逆らおうと欲張ったから、カササギは僕に罰を与えたのかもしれない。

本当に、このまま結姫へ何も伝えず散るのが……正しいんだろうか？

「悍くん、花火凄いね！　めっちゃ綺麗！　ズシンズシン響いて、消える瞬間まで綺麗！　感動する～！」

結姫が隣で、満開の笑顔を咲かせてる。

大声で話して、やっと聞き取れるぐらい打ち上げ場所は近いみたいだ。

そう言えば、近くで大迫力の打ち上げ花火を見たのは、二人とも初めてか。

ああ……。

結姫と、まだしたことのない経験をもっとしたい。

そう、思ってしまってる。

自惚れかもしれないけど、僕が最期を迎える時……その後。

結姫は悲しんでくれちゃうかもしれない。

いや、幼馴染みの最期にきっと悲しむ。

そう思うと、胸が苦しいなぁ……。

ダメだ、涙が勝手に流れてくる。

自分で決めたこと。

自らつくり出した余命のはずなのにね。

僕は怖がりで、泣き虫だ……。

「……結姫は自分の命が終わる時でも、涙は流さなかったのにね。まだ訪れてもない未来を考えて、こんな……。本当、僕は弱くて情けないな。ごめん、ごめんね」

掠れるような声が、我慢できずに漏れ出てしまった。

結姫は夜空へ目を向けたまま、か。

横顔を見る限り、聞こえてなさそう。

良かった。

こんな弱音で結姫の楽しい時間を邪魔せずに済んで……。

一緒になって、夜空の同じ方角へと目を向ける。

生ぬるい夜風、暗い空で明るく咲く花。

花火が終わり周囲が帰り始めるまで、気が付かなかった。

結姫と手が重なり合ってることにも、僕は気が付けなかったんだ——。


周囲を埋め尽くすぐらい座ってた人々も、ほとんど残ってない。

結姫と僕は、手を重ねたまま動かずにいた。

どうしたの？

帰らないの？

そう聞けばいいのに、何故か口が動いてくれないんだ。

多分、身体が結姫から離れるのを嫌がってる。

「……惺くん、どうしたの？」

口火が切られた。

すぐに言葉を返す心構えをしてたのに、胸がバクバクして上手く言葉が出ない。

「七夕の後……。体育の授業で倒れた後からさ、様子がおかしいよね？」

「…………」

「何かを隠してるような、辛そうな表情が前より強くなってるよ。さっきも、泣いてたよね？　ずっと惺くんを見てた私が、気が付かないと思った？」

バレてたのか。

それに、前より辛そうになってる……。

確かに、そう言ったよね？

それは今年の七夕より前に、僕が隠し事をしてる事実にも気が付いてたってことか。

結姫は、鋭いね。

ここで誤魔化しても、結姫は笑えなくなるかもしれない。

それだったら、洗いざらい話すしかないか。

到底信じてもらえない、嘘としか思えないような話を……。

「……取引をしたんだ」

「取引？　もしかして、お金の悩み？」

「——寿命、余命だよ」

「……ぇ。よ、余命？」

ほら、何を言ってるんだって声をしてる。

余命取引なんてオカルトやファンタジーみたいな話、信じてもらえるわけがないか。

「誰と、余命を取引をしたの？」

「カササギって名乗る、怪しい男だよ。七夕の夜、突然引き込まれる店でね。対価次第で、何でも取引ができるんだって。……命の輝きさえも」

「命の輝き？　それは——もしかして、私の命？」

真面目な声、耳元で囁かれた言葉に、心臓がドクンッと飛び跳ねる。

どうして……信じるの？

もっと、笑い飛ばすような話じゃないの？

「こんな話を、信じるの？　現実離れした、こんな話を……」

「だって、事実なんでしょ？」

そんな、あっさり……。

一瞬驚いてたのに、もう完全に信じたような……真剣な目をしてる。

結姫は感情が素直に出るから、嘘や慰めだとは思えない。

「おかしいなぁとは、思ってたんだ。……だって、ず～っと私を苦しめてきた病気がパッとなくなっちゃったんだよ？　それぐらい現実離れした魔法でもなければ、逆に納得できないよ」

そういう、ことか……。

改めて考えれば、結姫が不思議に思っていてもおかしくないよな。

多分、今まであえて口に出さなかったのは……周りを不安にさせないためだったのかもしれない。

「ずっと黙ってて、ごめん。実は、結姫が最期を迎えかけた七夕の日……。僕の寿命を一年間、結姫に渡してくれって取引をしたんだ」

「一年？　でも、私は……。まさか、また惺くんは自分の寿命を——」

「——そう。今年の七夕の夜、僕はカササギって取引相手に、自分に残された余命を全て結姫に渡したいって、取引を申し出たんだ」

絶句して見つめる結姫は今、何を考えてるんだろう？

勝手なことをするなって、怒ってるのかな。

「その取引の対価がハッキリしないヒントばっかりで……。本当は僕の存在を皆の記憶から消してくれって頼んだんだけど、上手くやられた。僕がいなかったことには、多分ならない。それが申し訳なくて……。結姫の心に傷を残しちゃうかもって」

重ねられた指が、震えてる。

俯いてしまったから、表情は見えないけど……。

どんな怒りでも受け入れよう。

僕はそれだけ、結姫を傷付けるミスをした。

「……惺くんが思い描く私の将来に、惺くんがいない。それがどれだけ、私にとって辛くて悲しいか、考えたことある？」

「……記憶がなくなれば、全て解決すると思ったんだ。僕の寿命がなくなっても、結姫が笑って幸せになれれば、それでいいから」

「それは――優しさじゃないよ」

優しくしてるつもりじゃなくて、そうするのがいいと思ってた。

でも、カササギにも言われたなぁ。

優しさを履き違えてるって……。

「惺くんは、私に優しくしてる自分に安心してる。本当の優しさってさ、他人のことを自分のことのように考えられることじゃないのっ？」

「それは……。そう、なのかも」

「惺くんがくれる好意の違和感、やっと分かったよ」

好意の、違和感……。

いつか、メッセージで言ってたやつか。

「惺くんの中には――自分がいないんだ。私のことを自分のように考えるんじゃない。そもそも、私しかいなかったんだね。二の次どころじゃなくて、自分のことを考えてくれてない……」

「…………」

「お願い、そろそろ気が付いて……。惺くんも一緒に幸せになってほしいんだよっ！」

切実に訴えかける結姫の声が――涙ぐんでる。

また、僕は結姫を悲しませてしまった……。

「ごめん。その通り、だと思う。僕の生きる意味や理由は、見放さず残ってくれた結姫に尽くすことだと……」

「悍くんは、いつも尽くしてばっかりいてくれる。でも、そんなの私は望んでない！」

結姫の声が、夜の公園に広がる。

虫の鳴く音、遠く聞こえる雑踏の中、悲痛な叫び声が……。

僕の心に、花火よりもズシンと響く……。

「悍くんは、私を対等だと思ってない。一緒に幸せになりたいのに、一方的に幸せにしようと自分を犠牲にしてばっかり！　私が、どう思うかも考えずに……。そんなの、逆に身勝手だよ。自分本位で、悍くんにも幸せになってほしい気持ちを見てない……」

「身勝手、自分本位……。カササギにも言われたな……」

「私のことを本当に思ってくれてるならさ、自分の全てを諦めないでよ。一緒に生きる意味や理由を探してよ！　一緒に前を向こうと思ってよっ!?」

それは……。

今の僕にとって、何より難しいことだ。

思えば結姫まで失いたくないばかりに、僕は自分を失ってしまった。

期待に応えられず、何もかもを失って……。自分を諦めてたから。

一緒に前を向くんじゃなくて、前を向いて歩もうとする君をサポートすることでしか、生きてこなかった。

「僕、格好悪いね。ずっと、格好が悪い。結姫、前にも言ったけどさ……。こんな格好悪くて手遅れな僕じゃなくて、もっと相応しい相手と一緒にいた方がいい。そうすれば僕が最期を迎えても、受け入れやすいと思うから」

パンッと、乾いた音が公園に響いた。

頬が……ヒリヒリと痛む。

え……。

結姫の細い手が、僕を叩いた？

「格好いいから好きになったんじゃない！　幸せにしてほしいから好きって言ったんじゃない！　一緒に笑い合いたいから、私は惺くんを好きだって言ったんだよっ!?」

目を覚ましてとばかりに、今度は僕の胸に縋りついてくる。

結姫の気持ちは、嬉しい。

余命を意識した今、余計に胸が熱くなる。

だけど……。

「……僕は、結姫の隣にいる程価値のある男じゃない。求めることに、対価を払える能力もないんだ」

「その人を本当に大事に思ってる人からすれば、その人にどれだけの価値があるかなんて考えないよっ！　そこにいてくれるだけで、幸せなのっ！」

「でも……。父さんも、カササギも……。何か欲しいものを得るためには、結果や対価を求めるって」

「大人の世界とか取引は違うのかもしれないけど、私には分からない！　そんな利害で一緒にいる関係、私は望んでない！　一緒にいてくれるのが対価じゃないの!?」

自分の世界が、根底から打ち砕かれる感覚がした。

じゃあ、僕は一体……。今まで、何をしてきたんだ？

「惺くんの時間は小学校の頃から、ほとんど進んでなかったんだね？　ポッカリ穴が空いたまま。私、そんなことにも気付いてあげられなかった。本当に、ごめんね……」

叩いた頬を、今度は優しく撫でられた。

結姫の慈愛（じあい）に満ちた瞳に薄らと浮かぶ涙が、真っ直ぐに僕を見つめてる。

もらい泣きかな……。僕まで、涙で視界がぼやけてきた。

限られた余命の中で、結姫の顔を、なるべくしっかり見ておきたいのにな……。

「……私たちは、二人とも間違えてた」

僕は、いつも間違えてた。

「愛は求めるものでも、与えるものでもないんだね」

僕は与えることしか、知らなかった。

「愛ってのはさ……。お互いが対等に想い合う心から、自然と生まれて育つものなんだって……。私、気が付いたよ」

そんな愛、僕は知らない。

ああ……。人は自分が愛されたようにしか、誰かを愛せないって……。

どこかで聞いた言葉が浮かぶ。

つまり僕が今までしてたのは、愛情でも優しさでもない。

「依存か……」

「……依存？」

胸に縋りつきながら、結姫は僕の顔を覗き込んできた。

こんなマイナスな言葉、結姫は意識してこなかったんだろうね……。

「カササギに、言われたんだ。ごめん、結姫の言う通りだ。僕は優しさも、愛情も履き違えてた。自分本意に気持ちを押し付けて、自己満足して……。ちゃんと結姫の気持ちも考えられてなかった」

対等になんて、考えもしなかった。

幼い頃、結姫が僕を守ってくれると言ったように……。

今度は、僕が結姫を守るんだ。

守らなきゃいけないんだって。

結姫の希望や望みも聞かず、そんな自分本位な考えに支配されてたよ……。

「これで結姫が幸せになるか。笑えるか。どう思うか。自分のことなんて二の次で、どうでもいい。尽くしてる自分に満足して、一方的に押しつけるばかり。そんなのは、対等じゃない。依存してるのと一緒だよ。……身勝手だった。今まで、ごめんね」

「私こそ、頬ぶっちゃって、ごめんね？　本当に、本当にごめんね……」

「お陰で少し目が醒めたよ。間違った固定観念を崩してくれた。結姫はずっと、似たようなことを言ってくれてたのにね。余命が迫ってこないと、僕は言いだすこともしない。本当に、僕はバカだ……」

「私も、反省するところが一杯ある。惺くんに生きたいって思わせてみせる。そう宣言したのに、ゆっくり変化してもらえばいいやって……。温いこと考えちゃってた」

結姫は立派だと思うけど……。

それを言っても、きっと結姫は納得しないんだろうなぁ。

お互い、完全なんかじゃない。完全な人間なんて存在しないって聞くし……。

それなら気になったところを互いに、対等に指摘して直し合うべきだったんだ。

十六年間、一緒にいたのに……。

小学生の頃と変わってなかったよ。

どれぐらい、身を寄せ合ってただろうか。

互いの気持ちの整理がつくまで、かなり長かった気もするし、あっという間だった
ようにも感じる。

落ち着いた僕たちは、いつもより心なしか距離を離してシートに座り直した。

だけど、結姫の柔らかく温かな手だけは重ねられたまま。

こういう時、どう話しかけたらいいんだろう？

結姫の態度をとか、笑顔のためにじゃない。

自分がどうしたいのか、結姫と何を話したいのか考えるんだ。

「……一緒に生き残れたら、最高だよね」

そう、僕は都合のよすぎる夢物語を口にしていた。

だけど、それが素直な感情だった。

「……何でも取引できるお店って、言ったよね？」

「ああ、うん。カササギは、確かにそう言ってた」

現に、結姫の失われるはずだった命も救われてる。

何でも取引できるというのは、嘘じゃないはずだ。

「だったらさ――惺くんが失った寿命も、取引できるかもしれないよ」

「……え。でも、取引材料とか、対価が……」

僕の場合は、取引材料に寿命を差し出した。

命の取引には当然、命を――……。

待てよ……。

おかしい。

僕は――一度でも、カササギから命を差し出せって、取引で提示されたか？

いや、されてない！

いつも僕が勝手に命が等価だと思い込んで、余命を差し出してただけだ！

「盲点だった……。結姫の命も、僕の命も助かる道、もしかしたら……」

「可能性、ある？」

「ある、かもしれない」

希望的観測かもしれないけど、可能性はゼロじゃない。

おちょくる態度の彼なら、有り得る。

「寿命まで戻してもらえるぐらい、お釣りのもらえる対価、一緒に探そうよ」

公園の街灯に照らされる結姫の顔が、ニパッと輝いた。

結姫……。

僕は結姫を、本気で尊敬してるよ。

今まで、僕は実に怠慢に勤勉だった。

結姫が生きてることに満足して、結姫が幸せに笑うことだけへ一生懸命だった。

「結姫と寿命を全うしたい。一緒に輝いてる人生を示せる方法、探してくれるかな？」

尋ねると、結姫は嬉しそうに笑い――

「――もっちろん！」

ギュッと、僕の手を握った――。

五章　過去と未来へ架け橋を

彩夏祭の翌日。

僕と結姫は、埼玉県日高市へとやってきていた。

「ここが高麗神社か～。駐車場が広い！　何か、普通の神社と違う！」

「渡来人の王様を祀ってるからじゃないかな。他にも、導きの神様とか長寿の神様を祀ってるんだってさ。天皇陛下も私的に参拝されたとか……」

「へぇ～！　それは縁起がいいね！　導きに、長寿。今の私たちにピッタリ！」

「全部、HPに載ってる情報だけどね。今日の本題、忘れてないよね？」

何も、今日は観光を目的に来たわけじゃない。

結姫と話し合い、きちんと計画を立てたんだ。

「当然でしょ！　アポ取った職員さんに七夕伝説について聞きながら、ここでやってる『かささぎの籠飾り』からも対価のヒントをもらう。忘れるわけないよ！」

そう、カササギのくれたヒントは、どれも曖昧で目的もハッキリしない。

そもそも、七夕の夜のみ扉が開かれるカササギとは何者なのか？

まずは一から調べてみようと意見が一致して、七夕にまつわる『かささぎの籠飾り』を毎年イベントとして行ってる高麗神社に来たんだ。

自分の力に限界があれば、誰かに協力を求める。

それは僕一人では、やれなかった行動だと思う。

「うわぁ〜見て！　道の横とか上に、竹籠と鶴がずらっと飾ってある！　可愛い〜」

「鶴？　飾ってるのは、かささぎじゃなくて鶴なのかな？」

強い陽射しを遮ってくれる木々が並び、木漏れ日が心地良い参道。

美味しい空気の中、玉砂利をじゃりじゃりと踏み鳴らしながら、見つけた。

丸い籠と、折り紙で作ったような鶴がそこら中に飾られてて……不思議な光景だ。

「細かいことは気にしないの。アポ取った職員さんに、その辺も聞けばいいでしょ！

楽しみつつ、調べるところはしっかり！　メリハリってやつだよ？」

「そ、それは確かに」

どうにも堅苦しく考えてしまうな。

余命を渡すこともできず結姫も同時に最期を迎えるとか、絶対に避けたいから……。

早速社務所に行き、御巫服に身を包んだ女性へ声をかける。

「すいません、七夕伝説についてお話を伺いたいって電話した、市川と空知です！」

「あ、お待ちしておりました。私が電話をお受けした者です。僅かな時間とはなって
しまいますが、当社を案内しながら御説明させていただきます」

「お忙しいのに、僕たちのために申し訳ないです」

「いえいえ、学生さんは夏休みの自由研究の題材にされることも多いですから。ぜひ、
かささぎの籠飾りも添えて参考になればと」

人当たりのいい巫女さんで助かった。

玉砂利を踏み鳴らしながら、一緒に参道を戻る。

「七夕伝説については、どこまでご存知ですか？」

「織姫と彦星が年に一回だけ会えるんですよね？　七夕の日にだけ！」

「仰る通りです。それでは何故、年に一回しか会えないかは？」

「確か……。元々、仕事熱心だった二人を引き合わせた方が怒ったからだと。夫婦になったら仕事もせず、お喋りばかりで怠け者になったから……」

「ええ。その怒った方は織姫の父で、天帝と申します。天帝は、天の川を隔てて二人を別々の場所へ引き離したんです。嘆き悲しんだ娘の姿に、天帝は約束しました。真面目に仕事をすれば、一年に一度会うことを許すと。それが七夕の日です」

「年に一回だけは、夫婦なのに寂しいよね。ロマンチックとか思ってたけど、切ないお話……」

「ふふっ。ここまでは有名な話ですが、改めて考えれば仰る通りですね」

それでも会えるだけマシだと思ってしまうのは、僕が捻くれてるからだろうか？

いや、結姫と二度と会えなくなる可能性を、何度も意識してるからかもしれないな。

「それでは二人を隔てる天の川を、どう越えて二人は会うと思いますか？」

「え？　それは～……。川だし、橋とかですか？　あ、でも橋があれば私なら、しょっちょう会いに行くかな？」

「確か、それが——かささぎの役割ですよね？」

「その通りです。さぁ、参道の木々を繋ぐ飾りをご覧ください」

来た時にも目に入った飾りに、巫女さんは手を向ける。

木々を繋ぐ紐には来た時と同様、沢山の折り鶴や丸い竹籠が吊されてる。

「織姫と彦星が天の川を渡れるよう、かささぎという鳥が橋渡しをするのです。こちらは、それを見立てたものになります」

「これは鶴じゃなくて、かささぎだったんですね」

「幼稚園とか小学生の頃に折った鶴だと思ってました！」

「そ、そこは、鳥繋がりのご愛敬（あいきょう）ということで……。高麗神社オリジナルの、かささぎも飾られているのですよ？　話を戻しますが何故、竹籠が丸いか分かりますか？」

竹籠が丸い理由……。

言われるまで、考えてもなかった。

その方が作りやすいから、とか？

「夏の大三角を構成する大きな三つの星。ベガが織姫、アルタイルが彦星なのです」

「あ！　じゃあ、もう一つが、カササギですか!?」

「残念ながら、もう一つはデネブ。天の川の中央に見える、はくちょう座です。鳥という点のみは共通してますね。伝説で天の川の両岸を隔てて位置する二つの星を繋ぐのが、かささぎ。この竹籠はベガとアルタイルを。そして折り鶴が、かささぎを見立てているのです」

「そういう由来で、こちらの神社は飾りをしてたんですね」

素敵な話だとは思う。

だけど、僕の知ってるカササギとは、関係がなさそうだ。

「かささぎによって作られた橋は、〝かささぎ橋〟と呼ばれ、男女が良縁で結ばれることを現す言葉にもなったのですよ」

「へぇ〜！　それはロマンチックですね！」

「かささぎという鳥は、黒い羽と白い模様があって、綺麗な鳥なんですよ」

「黒と、白……」

その特徴……。

あの白い仮面と黒の燕尾服姿の男と、重なる。

いや、それぐらいの共通点は有り触れてるか。気にすることもないのかもな……。

「実は七夕伝説で、かささぎの橋渡しには、いくつかパターンがあるのですよ」

「パターン？　背中に乗せてパタパタ〜っと飛ぶんじゃないんですか？」

「それも一つのパターンですね。天候で分けた場合ですと、晴れの日の方法です」

ぼんやりと橋渡しをするとは知ってたけど、パターンがあるなんて初耳だ。

「少し悲しいのが……。雨天時の橋渡しです」

「雨が降ったときですか？　なるほど、雨で濡れたら羽根も濡れて飛べないのか」

「空知さんは、随分と現実的なのですね？　あくまで伝説ですが……一つは、かささぎが群れを連れてきて羽根を広げ、かささぎたちを踏んで渡る橋とするパターンです。これは増水したら難しいですね」

踏みながら進む光景を想像してみたけど、ちょっと辛い光景だ。

「そして、最も残酷なのが――橋渡しをできないケースです」

「え……。一年も待った二人が、会えないってことですか!?」

「その通りです。かささぎが橋を渡せないのか、渡さないのかは不明です。しかし会えないことを悲しんだ織姫と彦星は涙を流します。それが七月七日、七夕の夜に降る雨――催涙雨と呼ばれているんです。俳句の季語にもなっているのですよ」

雨の日でも雲の上の天気は変わらないから、どうせ二人は会ってることになるんだろうと思ってた。

会えなくて悲しいから流す、催涙雨なんて逸話があったなんて……。知らなかった。

「先程のご質問にもあったのですが、かささぎと星座は、実は関係ありません」

「そうなんですか？」

「はい。旧暦の七夕、月は決まって半月でした。その半月を、昔の人はかささぎの橋に見立てたという説もあるのです」

半月と、かささぎ。

そう言われて僕の言葉に浮かぶのは——口元を半月状にして笑う怪しい男だ。

「天の川は、一年中空に浮かんでいるんですよ」

「え!? そうなんですか!? 七夕の時期にしか見られないと思ってました！」

「ふふ、最も見やすいのが、七夕前後なんです。もっとも、常にそこにあるのに、よほど暗い場所などの条件でなければ肉眼で見ることは叶わないのですが」

「へぇ～！　あるのに見えないなんて、何か勿体ないですね！」

暗い場所……。それ、聞き覚えがある。

『——輝けるものが何一つない。まるで闇夜のような客人よ。ようこそ、私の店へ』

そうだ、カササギが僕に初めて会った時にかけた言葉と一緒だ。

もしかして、カササギと七夕伝説は、本当に繋がってるのかもしれない。

「勿体ないですよね。ここからは一つの星に見えても、望遠鏡で見れば複数の星が一つに光って見えることもあるのですよ」

「……あの、変なことを尋ねてもいいですか?」

「ええ、ご質問ですね。何でしょうか?」

ずっと気になっていたことを尋ねると思うと、身体中が強ばる。

「かささぎが人を試したり取引するとか……。そんな逸話はありませんか？」

「……はい？」

呆気に取られたような表情だ。

聞きにくいけど、聞かないで後悔して結姫と会えず、悲しい涙を流すのは嫌だ。

「その……。顔の上半分を覆う白い仮面に、黒い燕尾服を着て、カササギを名乗る男の伝説とか。対価を要求する代わりに、願いを叶える取引をしてくれるとか」

「……申し訳ございませんが、仰ってる意味が分かりかねます」

一気に答えに近づけると期待したけど、それは都合がよすぎたかな。

とはいえ、七夕の伝説や……会えないパターンもあるってのは勉強になった。

七夕伝説のかささぎと、僕の知るカササギが同じかは分からない。

もし七夕伝説のかささぎと、カササギが一緒だったとしたら……。

結姫と僕が会えずに終わるパターンも用意されてると考えるべきか？

このまま妥当に契約を完了すれば、僕の命がなくなる。

会えないパターンとならないよう、二人で生き残る為に結姫と考察をしよう。

巫女さんへお礼を言った後、僕なりに纏めたカササギからの四つのヒントが映し出されたスマホを二人で眺める。

一つ目、『犯した罪の清算』。

二つ目、『相手の真の希望や望み、対話や思考を行い身勝手にならず』。

三つ目、『冷静かつ客観的に現在の周囲、己を大切に見つめ直す』。

四つ目、『天の川のように輝く瓶のような関係』。

「彼が大切に陳列してる、未完成っぽい瓶と関係してると思うんだけど……。具体的な対価として何を求めてるのか浮かばない」

「今日聞いた感じだと、織姫さんや彦星さんみたく勤勉な一年間は最低限求めてそう。ヒントに向かう姿が瓶にも関係するとかっ！　ちょっと短絡的すぎかなぁ？」

「……有り得る、かも。仮に七夕伝説のかささぎと似た存在だとしたら、橋渡しに勤勉な一年は求めてきそう。もらったヒントに沿って勤勉に動けってことかな？」

どれもこれも、僕にとっては難易度が高いな。

犯した罪の清算なんて言われても、間違えたり期待を裏切り続けすぎた。

何にどうすればいいのか、見当もつかないよ。

「何かね、私……。カササギは惺くんに成長してほしいと願ってる気がするんだよね」

「えぇ……。嫌がらせのような契約をする彼が？」

「七夕で短冊に願いを書いたり、悩んでる人は他にも一杯いるじゃない？　目をかけてないなら、何で惺くんを選んだんだろな～って」

「最初に会った時は、闇のような絶望を抱き、執念や怨念にも似た本当に欲しい物があるから扉が開かれたみたいに説明してたけど……」

　あれも本当かどうか……。

　人を食ったような態度の彼を見てるとしたら、案外おちょくってるだけの気さえ僕は感じちゃうんだよな。

「それも含めてさ、生きる価値も理由もないって落ち込んでた惺くんに、成長してほしい。伸び代を感じたみたいな？　考えすぎなのかなぁ……」

「何で、そう思うの？」

「だってさ……。ここにあるヒントというか、課題かな？　解決したら全部、惺くんの人生が楽しくなりそうなものばっかりじゃない？」

「……え？」

　改めて、ヒントをよく見つめてみる。

　確かに……。罪の清算、身勝手、己を大切に見つめ直す、輝く関係。

　全部が僕の欠点とか、乗り越えられずにいるものばかりだ。

　天の川のように輝く瓶のような関係ってのは抽象的すぎて、よく分からないけど。

「結姫は、性善説（せいぜんせつ）なんだね」

「性善説？」

「そう。人は皆、基本的には善人だって考え」

「どうだろな〜。進んで悪人になりたい人はいないんでしょうとは思うけど！」

「そういうところだよ」

基本的に、人を善人と思って接する。

だから結姫も、人から良く思われる。

それこそ、結姫が皆から愛される理由の一つなんだろうな。

暗いところばかりの僕にとって、やっぱり結姫は一番輝く星のような存在だ。

「かささぎは身を挺してでも二人を合わせてくれることもあるって話だったよね？」

「そうだね、橋渡しをしない時と違って、雨でも二人が会うために橋を架けるとか」

「私、やっぱりカササギさんが身を挺してもいいってぐらいの対価を用意すべきだと思うの」

「そうすれば、僕たちが二人とも生き残る道を架けてくれる……かも？」

そこまで善人か、僕は半信半疑だ。

だけど結姫と一緒に生きられる可能性があるなら、諦めたくない。

「僕が試練を乗り越えるのも対価だとしたら……。まず直すべきなのは、どれだろ？」

「それなら、私が思いつくよ！」

「……よし、覚悟できた。遠慮なく、直すべきところを言って」

「そんな酷い物言いはしないよ？　私的にはね、自分を無価値って決めつけてるのが、色んな課題に繋がってると思うの！」

一番繋がってて、一番直すのが難しいところをついてきたなぁ。

誰よりも僕を見続けてくれた結姫に言われると、覚悟を決めてても胸が痛い……。

「自分でも分かってる欠点だけどさ……。人は、そう簡単に変われないよ。これまで生きてきて染みついた、性分みたいなものだから」

「人生否定みたいなことは言わないよ？　人ってさ、自分が思い描く理想と、そのための環境、接する人の中で、ゆっくり自然に変化していくと思うの！　だから、まずは自分にできる理想を思い描いてみようよ！　実現できるかは横に置いてさ！」

「理想……」

僕が思い描く、理想の環境か。

幸せそうな結姫が長い寿命を全うして、それを僕も傍で見届けられること。

だけど、それ以外となると……。

「花火大会の日、結姫に言われてから思ったんだ。自分の幸せとか、自己肯定感を上げたい。生きる意味や理由もない自分を諦めないようにしたいって……」

そうでないと僕には結姫の傍にいるのが相応しいとか、一生認められそうもない。

ずっと劣等感を抱いて、まるでストーカーみたいになるのが怖い。

「ふむふむ……。そうなると、惺くんが自分を嫌いになった理由からだよね」

「人の期待を裏切り続ける、無能――」

「――はい、ストップ！　無能じゃないよ。期待を裏切ったんじゃなくて、周りが多くを求めすぎてたの！　一番近くにいた私が保証します！」

「……ありがとう」

まるで結姫が天使みたいに映る。

同じ対価について考えてるはずなのに……。結姫と一緒に対価が何かを考え始めてから、前よりも暗く悩まなくて済むようになった気がする。

心の重荷が半減……いや、もっと軽くなった気分だ。

結姫の存在に、僕は助けられてばかりだな。

この子を泣かせないためにも、期待に応えるためにも、いや自分のためにもか。

もっと思考を巡らせて、頑張らないといけない。

「極力客観的で冷静に考えてみたけど……。僕は人に対する劣等感が強すぎるのかもね。だから挑戦してても何をしてもダメだって、やる前から諦めてる気がする」

「つまり成功体験不足だね。ん〜、どんな挑戦をしたい？　本気で笑えた時は？」

「最後に何も考えず笑えたのは、小学校……。輝明や凛奈ちゃん、結姫と四人で遊んでた時かな。あの頃は、本気で楽しかったな」

「それなら――過去の清算も含めて、最初にやるべきことが見つかったかもね！」

過去の清算も含めた、やるべきこと……。

この流れで言えば、一つしかないよなぁ。

そう、だな……。逃げないで向き合うべき過去と、感情だ。

「本当は、また皆と一緒にいたい。ちゃんと謝って、昔みたいに。ただ、それを相手が求めてないと思うし……。僕も、前みたいに接する自信がない」

「それでも、仲直りはしたいんだ？」

「……うん。あくまで理想だけどね」

そう、理想だ。

都合のいい、こうなったらいいなって話でしかない。

輝明には僕が距離を感じて話しかけなくなり、勝手に壁をつくってたこともある。

凛奈ちゃんも、あれだけ嫌悪感を示される理由がいくつもあるのかもしれない。

話し合って仲直りできるなら、その方が嬉しい。

そういえば、あの時に凛奈ちゃんは「同族嫌悪」だとかも言ってたよな？

あの言葉の真意も知りたい。

「人間が思い描く理想は、全て現実になる可能性があるんだってさ。どっかの偉い人が言ってたよ！　辛いかもだけど、本気でやらない？」

「……それで対価を支払えるなら。いや、そうでなくとも僕のせいで去った皆に謝りたいかな。余命を意識したから、余計にね。どれだけ辛くても……。何もせず最期を迎えたり、結姫まで巻き込んで後悔するよりかは、まだいい未来だと思うから」

「よし、おっけ～！」

何がOKなんだ？

そう思ってるうちに、結姫はスマホを弄りだした。

随分と、ご機嫌そうだけど……。

「結姫？　スマホを弄り始めて、どうしたの？　急ぎのメッセージ？」

「惺くんが倒れたら報告を求める素直じゃない人たちに、今の話を連絡してるの！」

「……は？」

「あ！　輝明先輩と凛奈、既読になったよ。——もう、引き返せないね？」

あっという間に何秒って時間で、前に進むしか道がなくなった。

ちょ、えぇ……。

善は急げとか……。行動力の鬼って表現は聞くけど……。

結姫は、そんな生やさしいものじゃない。

この子、実はカササギよりも追い込む、可愛い顔した悪魔なのかもしれない——。

結姫が連絡をしてから、僅か一時間後だ。

「この公園、よく皆で遊んだよねぇ～！」

「そう、だね」

「…………」

私服姿の輝明と凛奈ちゃんが、結姫に絡まれてる。

僕は、結姫の一歩後ろで様子を眺めるばかりだ。

いや、重苦しい沈黙の中でも平常心でいる結姫がおかしいんだって……。

呼び出しに応じてくれた二人にも驚きだけど、とにかく雰囲気が重い。

結姫だけは、そんなの関係ないとばかりに溌剌としてて……。

「はい、惺くん。どうぞ！」

「え？　この流れで、僕にバトンを渡すの？」

「うん。だって謝りたいんだよね？」

そう、なんだけど……。心の準備とか、あるじゃないか。

だけど――自分の余命を意識した今、やり残したくはない。

「……ごめん。僕は、小学校の頃から皆を傷付けてばかりだ」

「優惺……」

「…………」

「今でも、僕の両親から怒られた時の辛そうな二人の顔を思い出す。あんな顔をさせておいて、今さら謝るとか遅いにも程があるけど……」

一度、口を開いてみると、謝りたいことや謝るべきことはスラスラ出てきてしまう。

顔は向けられない。どうしても、二人の目を見るのが怖い。

本気で、誠心誠意頭を下げるしかできないんだ。

こうしたところで、現状が変わるとは思えない。

だけど嫌な思いをさせたと反省してるなら、頭を下げて謝罪する。

これは当然だと思うから。

「本当にごめん。勝手に自信喪失して、キラキラしてる輝明くんに自分から話しかけなくなったり、距離を取った僕を見放すのは仕方ないと思う。ただ嫌な思いをさせて……ごめんなさい」

二人は今、どんな顔をしてるんだろう？

怒ってるだろうか、今さらと呆(あき)れてるだろうか。

心臓がバクバクと音を立てて、指が震える。

何で、指が震えてるんだろう。震えるということは……怖いのか？

怖いなら、僕は今さら何が怖いんだ？

「優悍……。そんなことを考えてたのか。俺こそ、勘違いしてた。本当にごめん……」

「輝明、くん？」

「輝明の方が俺は嬉しいんだけどな」

下ろした肩を上げてくれる輝明の顔には、苦笑が浮かんでた。

あ……。そっか。

僕は、言葉でハッキリ存在を拒絶されるのが怖かったんだ。

深入りしなければ、今みたく近い空間にいるだけは許されると思ってた。

このまま見ないようにして自然に関係が消えていけば、自分自身の傷が浅く済む。

そんな甘ったれた考えを変えなきゃって、自分の苦手で怖いことに挑戦をしたから……震える程に怖いんだ。

知らなかった。こうしなければ、気が付きもしなかった。

「俺さ……。優惺は誰かに頼りたくない。一人でいたいんだって、勘違いしてたよ」

「……え」

「だって、そうだろ？　小学校高学年の頃なんか、受験もあって優惺の親がブチ切れるからさ。相談されたこともなかったしな。それでも優惺と一緒にいたくて遊びに誘って……。毎回、怒られて俺らへ申し訳なさそうにしてる優惺を、もう見てられなかったんだ」

そんな……。

それが事実なら、つまり輝明は――。

「――僕のために、離れた？」

「泣きそうな顔で頑張る優惺の、邪魔をしたくなかったんだ。……俺が近付かなければ、優惺も親から怒られずに済むし、ぶっちゃけ俺も大人の怒鳴り声は怖かった。当時は、それも大きな理由だったんだけどさ……」

輝明の顔が、重苦しいものに変わった。

だけど、何？

今は、本当に嫌いになった……とかかな。

「優惺と離れて他のやつらと話すようになったらさ、気が付いたらスクールカーストっていうか……。中学へ上がる頃には、目立つ側のグループにいたんだ」

「そう、だね。輝明くんみたいに格好いいなら、陽キャグループに入るのも当然の成り行きだと思う」

「嫌だろ？　俺が話しかけたら優惺にも確実に絡みに行くぞ。大勢が距離感関係なくガツガツ話しかけてくるのとか、人と話すのを避けてる優惺は嫌だろうと思ってた。だから周りに見えないように話しかけてたんだよ」

「まさか……。すれ違い様に話しかけてたの、僕と関わりがあると思われたくないからじゃなくて……」

輝明は、ちょくちょく視線も合わせず一瞬だけ僕に話しかけてくれてた。

　僕みたいに暗い人間と関わってるとか思われたくないんだと決めつけてたけど……。

「ぶっちゃけ、俺も自分がいじめられる側に回ったらと思うと怖かった。昨日まで話してた人が、ちょっとしたことで裏切り者扱いから無視される展開も見てきたからさ。周りにからかわれるのが嫌で話しかけるのを躊躇した面も、あったのかもしれない」

「……そう、なんだ」

「だけど、そうなっても俺には優惺がいたんだろ？　本当、バカだよな。話しかけるなって雰囲気を出してく優惺を見て、これでいいんだって……。結局、優惺に頭を下げさせる今に至った。……俺は、そんな俺が大っ嫌いだよ。だから、俺こそごめん」

　輝明は悔しさを顔へ滲ませて、唇を噛んでる。

　この夢のような話、嘘じゃないんだ……。

「それだけじゃないんだよ！　惺くん、輝明先輩はね～。惺くんが学校で絡まれたりイジメの標的にならないように、さり気なく誘導してくれてたんだ！」

「え？　誘導、僕を守るようなことまで？」

「私も高校生になってから知ったんだけどね。どっかで一人ご飯食べる惺くんを玩具にしようとする人に『くだらないことで絡むな』ってさ！　角が立たないように誘導してたの！」

そう、だったんだ……。

おかしいとは思ってた。

僕みたいな、ストレスが溜まったら解消しても何も反抗しなそうな人間。

ドラマとか漫画みたいな物語なら、一番最初にイジメの標的となるはずだから。

「あと、私との時間が二人とも楽しそうだからって。いつ病気でどうなるか分からない私と悍くんが一緒にいる時間を邪魔しないようにもしてたんだよ。……あれ？ これ、黙っててって言われてた話だけど、この流れなら言ってもいいよね？」

「結姫ちゃん。せめてさ、口にする前に聞かない？ まぁ、ここまで話したなら今さらだから、別にいいけど」

僕が唯一、心の拠り所にしてた結姫との関係も、邪魔をしないように気遣ってくれての行動だったのか……。

それを勝手に、僕が勘違いしてたなんて……。

道理で、結姫が自信満々な表情で輝明を呼び出したわけだな。

ただ、今の話を聞いても正直……。

「……すぐには、変われない。輝明く……輝明に言われて想像した光景は、怖かった。陽キャに囲まれたら、カチコチで喋れなくなると思う」

「……そう、だよな。だったら、学校では——」

「──でも、僕も変わりたい、変わらなきゃならない。一年以内に！　何としても！」

「ゆう、せい？」

悠長なことを言って、ビクビクしていられない。

この瞬間だって、カササギは見てるかもしれないんだ。

僕の選択次第で──余命も渡せず、結姫も僕も命を落とすかもしれない。

そんなのは陽キャに絡まれるより、もっと嫌なんだ！

「だから僕が変われるように、助けてほしい。……頼っても、いいかな？」

心臓が口から飛び出そうだ。

震えすぎて全身の肌が……。いや、内側から痺れてるような感覚がする。

断られたらと考えると、怖くて仕方がない。

それでも、本心を話せた。どう、なんだろう？

僕は、また間違えた選択をしたんだろうか。

「そこで日和るなよ。格好良く決めろって」

「ご、ごめん……。自分に自信とか、格好良くとかは、まだ──」

「──いいに決まってんだからさ」

呼吸が一瞬、止まった気がした。

それって……。つまり？

「普段も、学校でもさ、俺にできることは何でも言ってくれよ。優惺は俺の大事な友達で、幼馴染みだからさ」

「……輝明」

「泣きそうな顔をするなって。メガネが曇るぞ？」

「そう、だね。うん、うん……」

輝明が肩を組んできて、僕の頭をワシワシと乱暴に撫でる。

その手が「あ〜。長さもバラバラ、適当に切ってるなぁ」と髪をイジってて……。

そういえば、輝明の実家は美容室だったか。

髪の毛なんて数ヶ月に一回千円カットでいいと思ってたから、輝明の実家が何をしてるかとか、縁が遠すぎて忘れてた。

「……空知先輩。ちょっと、二人で話したいんですが」

凛奈ちゃんの冷えた声に、僕も輝明も、結姫も動きを止めた。

そうだった……。

輝明とは違って、凛奈ちゃんは僕のことを「大嫌い」と明言してるんだ。

結姫も凛奈ちゃんとの仲に関しては自信がないのか、不安そうに身じろぎしてる。

ここで恐怖に負けて臆病になったら、情けなさすぎるよね。

結姫のためにも、自分自身の願いのためにも——

「──分かった」

僕は、凛奈ちゃんと一緒に公園の端にあるベンチへ向かった──。

凛奈ちゃんと間に一人分のスペースを空けベンチに座り、お互いに沈黙が流れてる。

物理的にも時間的にも、小学校の頃なら絶対になかった隔たりだ。

「……凛奈ちゃん。僕のこと、大嫌いだって。同族嫌悪だって言ったよね」

「…………」

「嫌われる理由なんて、いくらでも心当たりがある。それでも僕は、凛奈ちゃんとも──」

「──人は、そう簡単に変われないし、罪も消えない。そうは思いませんか？」

責められてる。

それも、かなり痛いところを……。

心臓が張り裂けそうで、込み上げてきた何かで喉がグッと痛む……。

本当に、その通りだと思う。

謝ったところで罪は消えないし、言葉で変わりたい、変わると宣言しても……。

人間は、そんなパーツを切り替えるみたく簡単に成長しない。

凛奈ちゃんの言う通りだ。

正直、言葉だけなら何とでも言える。決意表明だけなんて軽いと自分でも思うよ。

行動を結果で示して、初めて『変わる』ことへの説得力が生まれるんだと思う……。

それでも変わりたいと思うスタートラインに立たなければ、絶対に変われない。

やってしまったことを謝らなければ、前にも進めない。

何度でも謝ろうと凛奈ちゃんへ視線を移し
「凛奈、ちゃん？」

何故か、今にも涙を零しそうな凛奈ちゃんの表情が映った。

ハッとしたようにマスクを持ち上げ、目まで覆い隠したけど……。

今の表情は、一体？

「何でもない！　何でもないから！」

「いや、何でもって……。確かに、泣いてて……」

「私は、私は優惺くんと自分が大嫌い！　自分のことは見えなくても、人のことはよく見える。優惺くんを見てたら、弱くて嫌なことから逃げる私にそっくりな目で……」

嫌なことから逃げる……。今にして思えば、心当たりがある。

仲直りにしろ、謝ることにしろ、やる前から諦めてた。

「一軍女子とか二軍とか病弱だからとか、何なの？　意味分かんない。でも、逆らうのも怖くて……。私は周りに流されるまま、自分が何をしたいか見ないようにした」

「…………」

「最初から諦めて、もう何も見たくない。話すのもどうでもいいってところとか、気持ち悪いぐらい似てた。それなのに優惺くんは勇気を出して変わろうとしてる」

ああ、その通りだ。

最後まで残ってくれた結姫さえいれば、他はどうでもいい。見たくもない。

結姫に指摘してもらうまで、そう思ってたな。

「……それが、同族嫌悪の理由か」

「……ううん、それもあるけど、それだけじゃない」

「何？」

「私と似てるのに……。最後まで、結姫からだけは逃げなかった」

それは多分、結姫が大好きで大切だったからだけじゃない。

僕には結姫しかいないと、特別視してたからだ。

だけど凛奈ちゃんには、他にも友達や家族がいて……。部活だってあったから。

「私、小学校の頃は優惺くんに嫉妬してた」

「え、僕に？」

「私が一番仲良かったのは結姫なのに……。いつも結姫は優惺くん、優惺くんって」

そう、だったのか。確かに、結姫は格別に僕へ構ってくれてた。

同性で仲がいい凛奈ちゃんからしたら、面白くなくて嫉妬もするんだろうな。

「それなのに……。優惺くんたちが中学に進学して、やっと結姫が私のことを見てくれると思ったのに。私は中学校に入る前ぐらいに、結姫から逃げちゃった」

「……ぇ？」

「結姫が病気の発作が起きて……。私、パニックで何もできなかった。そんな自分が許せないのに、結姫は逆に『ごめんね』って。自分が情けなくて、また何もできなかったらと思うと距離を取ってた。私には何もできない、余計なことをしたら悪化するかもだから仕方ないっ。だったら最初から傍にいない方がいいって……っ！」

結姫からも聞いたことがある。

中学生になってからは、凛奈ちゃんは部活の人と一緒にいることが多くなった。

話す機会が減っちゃった。

だから、私には惺くんしかいないって。

心配をかけたがらない結姫だから重々しく言ってなかったけど、裏ではこんなことが起きてたのか。

「優惺くんは私みたいな部分もあるのに一番大切なことからは逃げなかった。だから余計に、負けて逃げちゃった自分が嫌いで仕方なかったの……。私みたいな目で見られると、責められてるみたいって被害妄想しちゃうぐらい」

「……辛かったんだね」

　自分の悪いところや弱いところからは目を逸らせても、人の悪いところや弱いところは、どうしても見えてしまう。

　もし、自分の顔が大嫌いだったとして……。

　鏡に映さないと見えないはずの自分が、目の前で動いて情けないことをしてたら……。

　それは、目も合わせたくないぐらい嫌にもなるはずだ。

「冷静かつ客観的に現在の周囲、己を大切に見つめ直すか……。言うは易く行うは難し、だよね」

「……何、それ。だけど、本当にその通り。その通りだ……」

「僕の醜い部分が一杯あって、それを凛奈ちゃんのどこかに重ねちゃったんだよね」

「被害妄想に近い感じで自分と重ねて、八つ当たりみたいな嫌い方して……。本当、最低だよ。ごめん、本当にごめん……」

　なるほどね……。僕と凛奈ちゃんは、そっくりな弱さを抱えてるのかもしれない。

　仕方ないって諦めがちで、家族や皆を裏切り続けてきた僕と……。

　自分のことは見えなくても、人のことはよく見える、か。

　それは、大切なことなんだと思う。

「凛奈ちゃんはさ、人に深く感情移入するぐらい、優しいんじゃないかな？」

「……ぇ？」

「僕に八つ当たりとか、気にしなくていいよ。人と自分を重ねるって、思いやりを持つことにも繋げられるような……。うん、いいところなんだと思う」

「何を、何を言ってるの？　私に、いいところなんて……。そんなの、信じられない」

戸惑うように、目を彷徨わせてる。

自分にいいところなんてないって、そう思うよね。

そんなところも、僕にそっくりだ。

「昔のような仲には戻れないかもしれないけど……。助け合えないかな？」

「……助け合い？」

「そう。……お互いに似てる弱さがあるからこそ、目につく改善すべき点が分かりやすいと思うんだ。そこを気付かせ合えれば、もう結姫を裏切らずに済むんじゃないか。お互いに成長できるんじゃないかなって……。ちょっと、僕に都合が良すぎるかな？」

「指摘し合えば……。もう、裏切らずに済む？」

震える声が、僕の鼓膜を揺らす。

裏切るんじゃないかって怖いの……よく分かる。

僕も未だに失敗が怖くて仕方がない。

だからこそ、凛奈ちゃんの力も貸してほしい。

結姫が契約を打ち切られかけた時、絶対に逃がさないと掴んできたときみたいに。

目線は逸らさない。本気で、一緒に変わっていきたいから。

間違えたり裏切ったり……。

そんなのを互いに減らせるようにしたいんだ。

「私、もう裏切りたくない。こんな八つ当たり、したくない」

「うん、僕もだよ」

「……分かった。私、優惺くんのダメなところ、いいところを見る。指摘する」

力がなく、ずっと虚ろだった凛奈ちゃんの瞳が――昔のように、笑った気がした。

それが、妙に嬉しい。

やっぱり僕は、この幼馴染み全員が好きだったんだ。

どれだけ離れて、久し振りだろうと……。

お互いの弱さを、幼く未熟すぎる部分を分かり合えてる人たちが、大好きなんだ。

「うん。沢山、教えて」

「私にも教えて。私も変わりたいから、ちゃんと見ててね！」

「ありがとう。それなら、まずは――」

「――うん、その目を見れば分かる。私もちゃんとする」

言いきる前に、僕の目を見ただけで動きだした。

瞳に映る自分の姿を目にして、どうするべきか察したのかな。

凛奈ちゃんの観察力には、敵わないな……。

そのまま僕たちは、結姫と輝明が待ってる場所まで歩いていく。

「惺くん、凛奈。……どうなった？」

あからさまに不安そうな結姫に、凛奈ちゃんは一歩前へ踏み出す。

少しビクッとしてるけど……。大丈夫だよ、結姫。

「結姫、ごめん！」

「えぇ!? 何で凛奈が謝るの!? も、もしかして惺くんとは仲直りできない!? だったら、私が惺くんの魅力をＰＲするから――」

「――そうじゃない。私が結姫に謝るべきこと」

「……私に？」

キョトンとしてる。

避けられてた自覚なんて、ないんだろうなぁ……。

結姫は何でもポジティブに変換しちゃうクセがあるから。

「結姫が弱っていくのを見てられなくて、私は逃げた。でも、もう逃げない。優惺くんと悪いところを指摘し合って、辛い現実にも逃げないで向き合う」

「……優惺くん？　そっか、ちゃんと仲直りできたんだね！　良かった！」

「結姫……。本当に、ごめん。しれっと上っ面の友達を続けようとして……」

「いいよ、全然いいよ！　あ、でも惺くんは私が告白済みだからね！　先約があるから、そこは忘れないでね？」

結姫、何を勘違いしてるんだろう。

凛奈ちゃんも「取るわけないじゃん」って、苦笑してるじゃないか。

僕なんかを好きって言う物好きなんて、後にも先にも結姫だけだ。

「……優惺。良かったな」

「うん。また、四人で遊べると思うと――」

楽しみ。

そう、思ってるのか？　思ってしまってるのか、僕は……。

ああ、何てことだ。

生きる意味も理由もない。いつ死んでも構わない。

ずっと、そう思ってたのに……。

勇気を振り絞って行動に移したら、変わっちゃった。

残りの余命が迫ってきてから、楽しいという感情を抱いてしまうなんて――。

「――優惺」

ドクンッと、心臓が跳ねた。

ゆっくり、声をした方を振り向けば
「……母さん？」

ずっと直接顔を合わせることのなかった、母さんが公園の入口に立っていた。

顔を伏せて……。僕の記憶にある姿より、痩せた？

いや、頬が痩けてるというか、やつれて見える。

顔を最後に見たのは、いつだっただろう。

有名進学校への高校受験に失敗して以来、母さんは、おばあちゃん家に入り浸りだったから……。一年ぐらいは見てないか？

「その……。結姫ちゃんから連絡をもらって。どの顔でって、思うでしょうけど」

「結姫に？」

結姫が母さんを呼んだのか？

チラッと結姫の方へ視線を向けると、無邪気な笑みを浮かべてた。

「善は急げ、たたみかけるタイプなの！　いつ終わるか分からない人生を生きてたからね！」

「いや、結姫らしいけどさ。母さん、僕に合わせる顔がないって……。嫌がってたんじゃないの？」

僕が倒れて病院に運ばれた時、確かにそう言ってた。

もしかして結姫は、あの時に母さんと連絡先を交換してたのか？

「優惺、ごめんなさい……。本当に、本当に愚かな親でごめんなさい……っ」

「え、母さん。まさか、泣いてるの？」

「ごめんなさい、ごめんなさいっ！　私、取り返しのつかないことっ！」

会話にならないぐらい、母さんは泣きじゃくってる。

そんな母さんの背中を結姫が撫でた。

「おばさんね？　反省してることがあるんだって。すっごい長文で私にメッセージを沢山くれるの」

「母さんが、反省？」

「そう。私だって、お互いに望んでなければ会わせようなんてしないよ？　世の中、綺麗事だけじゃない。どうしようもない関係だってあるんだからさ」

僕も、そう思う。

母さんは僕が連絡をすれば返してくれたり、誕生日にメッセージやケーキをくれたけど……。そうじゃない、どうにもならない相性の人もいる。

血が繋がってても関係ない。他人以下になってしまうケースもあるんだ。

「私、親なんて名乗れない……っ。どうお詫びをすればいいか、分からない」

「母さん、落ち着いて。今さら、どうしたの？」

「この一年ちょっと実家から通院したり、たまに入院しながら冷静になって……。自分が、どれだけ優惺に親として一方的な期待を押しつけてたか。優惺の気持ちを蔑ろにしてたか。やっと、やっと分かったの！」

「通院に入院って……。まさか」

この瘦せ方。もしかして、重い病なのか？

知らなかった。

何も知らなかったし、近況を聞こうとすら考えてなかった……。

親は、いつまでも子供の頃に見た時のまま、元気だと勘違いしてた。

「心の病気よ。症状が落ち着いてきて、だからこそ取り返しがつかないことをしてしまったって！」

「取り返しのつかないこと？」

「育児ノイローゼみたいになって、優惺を競争社会に負けない、立派に一人でも生きていけるようにしなきゃって……っ。責任に潰されて、何も見えないぐらい、おかしくなってたのよ！　今の優惺が自分に自信を持てないのは、私のせいっ！」

「母さん……」

父さんの分まで自分で背負っちゃうぐらい、母さんは真面目すぎるんだよ。

子供の頃、親は恐怖の対象だった。

それなのに今は、随分と小さく見える。

背を丸めて泣きじゃくる、痩せて弱々しい人にしか見えない。

こんなの、責める気持ちも湧いてこないよ……。

いや、それ以前にだ。

僕はもう、一年も待たずして最期を迎えるかもしれないんだよな。

「もう、いいよ」

「許せないわよねっ。ううん、許してもらおうなんて、そんなの――」

「――もう、過去のことでしょう。僕の性根が歪んだのは、そうだけど。今さら責めても意味がない。謝ってほしいとか、そんなことも思ってない」

人の感情はイエスかノーかの二択みたく単純にできてない。

許す、許さない。そんなシンプルな返事じゃ収まらないよ。

ここで許すなんて言っても、長年心に積もり積もった不満とかを隠すだけ。

結局は心にわだかまりがある、嘘になっちゃう気がするんだ。

「そう、よね。謝って私がやってしまったことが消えるわけじゃないものね……っ」

何度も小さく頷きながら、母さんが両手で口を覆った。

別に、そんな嫌味で言ったわけじゃないんだけどな。

ポケットからハンカチを取り出し、ボロボロと流れる母さんの涙を拭う。

「……ゆう、せい？」

過去に拘って、謝る母さんと仲直りしなかったのを後悔する最期は、嫌なんだ。

嫌な記憶ばっか思い出しがちだけど、冷静に向き合えば良い思い出もある。

最近だってアルバイトを許してくれたり、誕生日にケーキや手紙もくれた。

「過去の清算、だよ。……輝明や凛奈ちゃん、結姫に謝って区切りをつけよう？」

だから——許し合えるようになりたい。

「え」

突然話を振られた輝明や凛奈ちゃん、結姫が目を丸くしてる。

「大人は覚えてないかもだけど、子供の頃に起きた衝撃的なことは、心に残って——

離れないんだ。怒鳴ったことを三人に謝ってさ、母さんも自分に区切りをつけよう？

許される許されないとかの問題じゃないって、僕もさっき知ったから」

許されないなら、謝る意味はない。そんなはずはないんだ。

自分のしてしまった過去と向き合わないで、仕方ないと諦めてたら……。

それじゃあ、前には進めないんだから。母さんのためにも、三人に謝ってほしい。

「そう、そうよね……っ。高橋輝明くん、佐々木凛奈ちゃん、市川結姫ちゃん」

母さん、全員のフルネームを覚えてたのか？

僕の友達になんて、全く興味ないように見えたのに……。

「本当に、本当にごめんなさい。子供のあなたたちに、消えない傷を付けてしまった。私、私は……っ」

涙混じりの声は、凄く聞き取りにくい。

だけど、だからこそ本気で過去を悔いて謝ってるのが伝わってきて……。

「おばさん、涙で顔がボロボロだよ？」

僕のハンカチだけじゃ拭いきれない涙を、結姫は指で拭ってあげてた。

何というか、ハンカチを使う僕より格好良くて、少し笑みが零れてしまう。

こんな緊迫した雰囲気なのに、結姫はいつもの結姫だ。

「あの、俺も別に。優惺がいいって言うのに、どうこう言うつもりもないっていうか」

「……私も。これからは優惺くんの気持ちを考えてほしいってぐらい」

「ごめんなさい……っ。本当に、本当に……っ。何て言っていいか。今すぐにでも優惺に償いをしたいけど、でも一緒に暮らすには早いって病院で言われてて……っ」

それだけボロボロになるぐらい、母さんも一杯一杯な生活だったんだろう。

何でかな。ゆっくりして、早く良くなってほしいって気持ちしか湧かない。

「母さん、僕は大丈夫。正直、謝ってもらったり真実を知ったから、明日から仲良く暮らしましょうって無茶だと思うんだ。お互いに」

「そうよね、それが当然よねっ。都合が良すぎるわよね……っ」

「今の僕は、自分で家事もできる。アルバイトもできる。……大切な、支え合える人たちもいる」

皆の方に視線を向けると、照れ臭そうというか……。

落ち着かない様子でこっちを見てた。

「ゆっくり、少しずつ僕たちが一緒にいるのが自然になればいいよ。病気もゆっくり治してさ。その時がきたら、また一緒に暮らそう」

「優悍……っ。ありがとう、こんな親で、ダメ親にも優しい子になってくれて……っ」

それは結姫のおかげだ。

正直、結姫がいなければ——恨みながら潰れる未来が待ってたと思う。

「おばさん！　一区切りつけられて、良かったね！」

「結姫ちゃん、ありがとう。あなたがいなければ、私は後悔したまま謝ることすらできなかったわ……っ。ありがとう、ありがとうね……っ」

結姫に縋りつく母さんの指は、細かく震えてた。

取り返しのつかない罪を犯した意識があって、それを謝るのは怖いよね。

だから過去が消えるわけじゃないけど、立ち向かって自分が悪かったと認めるのは大切だ。今の僕にも、少しだけ分かるよ。

「母さん、実家まではタクシー？　おじいちゃんか、おばあちゃん呼ぶ？　何なら、僕が送っていこうか？」

「いいの、それぐらい自分でやるわ。……それじゃ、優惺。また連絡してもいいかしら？」

「うん。急に凄く距離が近付くのは僕も戸惑うけど……。お医者さんから許可が出たら電話とか、あのアパートで話そう」

正直に伝えると、母さんは泣き崩れてしまった。

結局、僕がタクシー会社へ電話をして……。迎えにきた車が過ぎ去るまで、母さんは謝り続けてた。

車に乗りながら謝る母さんを、結姫や皆と見送る日がくるなんてね。

小学校の頃、怒る親に連れられた僕が、車から皆に謝る出来事があった。

今では、まるで逆のような光景になったんだな。

こうして過去に一区切りをつけるような気持ちになれたのも、結姫のお陰か。

「それじゃ、優惺。結姫ちゃん。俺、そろそろ帰らないとだから」

「私も、習い事に遅刻してるから。また、ね」

「うん、またね！　また四人でね！」

一度、バラバラになった四人の幼馴染みと、またねと約束させる。

これも、結姫が生きているお陰だ。

あの日、余命取引契約が結べず結姫が世を去っていれば、何もかもバラバラのままだった。

「惺くん、私たちも帰ろうか！」

「うん。送ってくよ。いや、送らせてほしい」

「気を遣わないでとか、言わないよ？　喜んで送られるから！」

「何、それ」

結姫は、周りの人を輝かせる存在だよね。

僕も、そんな結姫の力になりたい。この美しい光を、絶対に消させはしない。

一緒に助け合って、負けないぐらい輝けるようにならないとな。

帰り道を進んでいると、入間川沿いに差しかかった。

流れがサラサラと過去や胸に残る靄も洗い流していくようだ。

夕焼け色に染まる川面は、いつ見ても綺麗だな。

夢のようだった時間を思い出して、心がしんみりしてしまう。

「僕は何も見えてなかったんだね。輝明とか凛奈ちゃんとのことも、母さんのこともだ……。知ろうともせず仕方ないって諦めてさ。勘違いから問題を大きくしてた」

「そんなもんだよ〜。人間関係でも何でもさ、勘違いや知らないことがあるから、問題が大きく根深くなることもあるんじゃないかな？」

「そう、なのかもしれないね。いや、きっとそうだ」

「そうそう。気が付いて修正できたんだから、反省したら振り返らない！　修正できた今を大切に、将来へ繋げていこうね！」

将来、か。少なくとも、二人が生き残るために動きだした感触はある。

このまま僕の人生も輝けるように頑張れば、カササギは認めてくれるだろうか——。


翌日の放課後。

僕たち四人は、輝明の実家に集まった。

「よし、優惺のイメチェン始めるぞ」

「大変身、楽しみ〜！　惺くん、初めての美容室だからってお店の前でビクビクしてたもんね！　この際、もっさり頭をバッサリいっちゃう!?」

「優惺くんは、どうなりたいの？」

「普通になりたい」

グループでのトークルームをメッセージアプリで作って、夜通しやり取りをしてた。

詳しくは言えないけど、カササギに出されたヒントに沿い変えなきゃならない。

僕が変わりたいと相談したら、まずは放置されて地味な見た目をイメチェンしたらどうかって提案された。

見た目に自信が持てれば、中身も変化してきて幸せに繋がりやすいだろうって。

確かに、僕にも心当たりがある。

地味な外見のせいで、結姫やキラキラした人に相応しくないと臆病になってた。

「普通って何だよ？　母さん、どうしたらいいと思う？」

「そうねぇ、髪質とか顔の形的に前髪上げるのなんてどう？　おでこは出した方が似合うと思うの」

「あ～いいね。でも優惺は言葉遣いが優しいからなぁ。アップバングよりはマッシュでセンターポイント……。いや、ボリュームもあるし六対四ぐらいで分けるのは？」

「いいわねぇ。輪郭(りんかく)もシャープだし、爽やかで一気に明るく見えるわよ」

何語を話してるんだろうか。

英語はそれなりに教育を受けてきたつもりだけど、全く理解ができない。

「結姫ちゃん、仕上がりイメージ的にはこんなんだけど、どう？」

「そうだねぇ～。横は、もうちょっと欲しいかも！」

「何で僕じゃなくて結姫に聞くの？」

「諦めなよ。人の方がよく見えるの。優惺くんも言ったでしょ」

それとこれとは、意味が違う気がするんだ。

お願いだから、遊び心で奇抜な髪形とかにはしないでくれよ？

だけど、こういうのも楽しいなぁ。

結姫のプロデュースってのも、何だか気分がいい。

やがて、おばさんによるカットが始まった。

結局、学校での僕たちの関係に大きな変化は出てない。

強いて言えば、凛奈ちゃんも昼食を一緒するようになったぐらいかな？

輝明は、まだ一緒に食べてない。これまでのコミュニティを突然、「今日から違う人と食う」って抜けるとか、できるわけもないしね。

薄情な縁切りをするタイプではないし、角が立つのは間違いないだろう。

それでも挨拶をしてくれたり、目を合わせる機会が増えたり……。

少しずつ変化を促そうとしてくれてるのを感じる。

これがカササギへの対価――人の生き方、『天の川のように輝く瓶のような関係』へ近付いてると判断してくれるといいんだけど……。

一番いいのは、結姫に渡した僕の寿命も受け取れ、二人とも長生きできることだ。

その次は、僕の寿命を結姫にあげて来年の七夕で一年の余命を全うすること。

最悪は、契約打ち切りで僕と結姫がともに命を落とすこと。

この時間が――残り一年も経たずに終わるかもと思うと、胸がモヤモヤする。

自分が生きる意味や理由だって、未だに分かってないままだ。

今までは、結姫に余命を渡せればすぐに消えてもいい。充分だ。

そう思ってたのに、これからも前向きに生きる理由や意味を求めるなんてな……。

「──優惺、どうだ!?」

「……え？」

考えに耽ってる間に、カットが終わってたらしい。

輝明の声に慌ててメガネを受け取ってから、目の前の鏡を見ると──

「──誰？」

知らない人が映ってた。

いや、僕が動くと同じ動きをするから……僕なのは分かるけど。

「うわぁ……。マジ？　こんな変わる？」

「別人！　別人だよ！　惺くん、ちょっとメガネ取って！」

メガネを外したら、全然見えないんだけど……。

結姫が言うなら、取るか。

「……ねぇ、写真撮ってる？」

何か、周りからシャッター音がするんだけど。

許可ぐらい取ろうよ。どうせ断らないけどさ……。

「ほら、見てよ！　凄い変わりよう！」

もしかして、スマホを見せてるんだろうか。

あのね、メガネをかけないと見えないから……。

「……は？」

メガネを取って目にしたディスプレイには、誰だと思う人が映ってた。

いや、こんな……。変わるのか？　髪型とメガネだけで？

こんなの子供の頃に一回、坊主頭にした時以来の衝撃だ。

「そうなるよね」

「いや〜イメチェン、大成功だな」

「惺くん、コンタクトレンズも買いに行こうか！　今から！」

「……今から？」

言いだした結姫は止まらない。

おばさんに髪型セットの方法を尋ね、ワックスやスプレーを買ってから店を出た。

その足で、今度はコンタクトレンズまで買って……。

何というか、疲れた。

メガネまでコンタクトレンズに変えるとか、想定外だ。

慣れないからか、ちょっと変な感じがする……。

「いや〜、マジでイケメンじゃないか！　優惺、これで明日からは自信を持って学校でも堂々とできるんじゃないか!?」

「はぁ……。分かってないね、高橋先輩。これだからイケメンは……」

「凛奈ちゃん、どういうこと？」

「自信ってのは、見た目が変わってもすぐにはつかないの。結果が積み重なることでつくんだよ」

その通りだ。

でも凛奈ちゃんぐらい見た目がよくても、自信がつかないことはあるのか？

よく自己評価と他者評価は違うって言うけど……。

ちゃんと凛奈ちゃんにも、可愛いって自己認識を持ってもらわないと。

それは多分、お互いに指摘し合う約束をした僕の役目だ。

「惺くん！　これから自信に繋がる結果を残していこうね！　告白されたら、まずは私が審査します！　なお、通過させるつもりはありません！」

「そんな物好きは結姫以外にいないから、審査も不要だね」

「はい、そういうとこ！　ライバルは潰すに限るの。あと照れるから真顔はやめて？」

結姫は、目線を右往左往させながらも微笑んでる。

結姫が告白してくれたのに、僕はとんでもない過ちを犯したままだったな。

僕の気持ちを伝えないと。……もう少し、結姫に相応しいと自信を持てたら。

「はぁ……。イチャつくなら、俺たちに見えない場所でやってくれないか？」

「優惺くん、待たせるのはダサい」

「周りにも認めてもらえて、堂々と隣を歩ける自信がないと、どうしてもさ……」

「これから一緒に自信を持てるようにしていこうよ！　一刻も早く！」

これから、か……。

未来の話を、当然のように結姫はしてる。

だけど結姫は表情に出やすいから、分かるよ。

これからが、いつまでの未来を指すのか。

結姫も、僕と一緒で不安なんだね――。


翌日の学校。

昨日は帰宅後、何度も何度もシャワーを浴び直し、一から髪のセットを練習した。

その甲斐もあってか、美容室で整えてもらったのと近いセットはできた気がする。

周りの目を気にしながらビクビク登校して……。

僕が自分の席に座ると、教室がざわめいてるのが分かった。

こういう時、『似合うと思ってるのかな？』、『キモすぎ』とかヒソヒソ話が聞こえる気がするのは、自己否定感が強すぎるか、被害妄想がすぎるのかな……？

誰かの話してる声、全てが悪口に聞こえて居心地が悪い……。

思わず耳を澄ませ
「雰囲気別人だよな〜。スゲぇ似合ってて、いい感じ！　そう思うっしょ？」

輝明の声が聞こえた。

そっか。いつも僕の知らないところで、こうやってフォローしてくれてたんだね。

好意的な空気を輝明がつくってくれたからだろう。

休み時間のたびに「何があったの!?」、「好きな人でもできたん!?」、「スタイルいいし、好感度高いよ！」と机を囲み逃げ場を塞ぐよう話しかけてくる女子生徒もいた。

上手く話せなくて、寝たフリを始めたら離れていったけど。

人から話しかけられないで息を潜める長年の技が活きた。

まさか休み時間に疲れるとは予想外だ……。

輝明の言う通り、僕が陽キャに絡まれたら気力が尽きるだろう。

輝明の配慮に、今さらながら感謝だ。

やっぱり、人はそう簡単に変われない。

見た目が変わっても、まだ中身は暗く臆病な僕のままだ。

昼休みを迎えると——

「──ちょっと一緒に来てくんねぇかな？」

見るからにガラの悪い、制服を着崩した先輩たちが教室までやってきた。

恐怖で身体も動かず、声も出ない……。

明らかに、不機嫌な様子だ……。

そんな状態のまま、僕は先輩たちに四方を囲まれながら歩かされ──

「──調子に乗ってる後輩って、お前のことだよな？」

他人の目がない体育館裏で、壁に押しつけられた。

ああ……。これ、テレビとか漫画で見たやつだ。

実際に自分がなると、怖い……。

多分、少し前の僕なら、怖さより諦めが勝ってた。

死んでも構わないとか言ってたのに、今は……怖い。

こんなにも嫌な形で、心境の変化を実感するなんてね……。

本当に、予想外だった。

「何とか言えよ、おい」

「明日までに坊主にしてくるんだよな？」

「いっそ、片側坊主とかでもいいんじゃね？」

「それ面白いな！　それやったら、こいつのこと好きになるかも！」

そもそも、僕なんかがイメチェンをしようとしたことが間違いでした。

そうやって謝罪しようとした時、結姫の悲しむ顔が浮かんでくる。

きっと僕が自己否定や後ろ向きな発言をしたと聞けば、悲しむだろう。

僕は、もう――期待を裏切りたくない。

変わるって約束したんだ。

怖くても覚悟を決めろ！

「あ、あの……。お気に障ったのなら謝ります。ですが、この髪型は大切な友人たちが僕のために考えてくれたので――」

「――あ？」

思いっ切り胸ぐらを掴み上げられた。

こういう暴力に慣れてるのかな……。一切の躊躇も手加減も感じられない。

凛奈ちゃんの時と違って、服が捻れて呼吸が苦しいっ。

「おい、舐めてんのか後輩くん？」

「調子に乗りすぎなんじゃねぇの？」

怖い。怖い。怖い……っ。

それでも――期待を、もう裏切らない。裏切りたくない……っ！

「調子には、乗ってないです……。大嫌いな自分を、変えたかっただけで……っ！」

「あ〜ダメだわ、こいつ」

「一回、ちゃんと分からせねぇとなぁ！」

ああ……。殴られる。

もう、雰囲気で分かった。

さすがに命までは取られないだろう……。

殴られるぐらいで済むなら、良かった。

今回は、皆の期待を裏切らなかったんだ……。

それだけで、僕は――

「――悍くん！」

「ゆ、き……？」

何で、ここに？

ああ、見られたくないなぁ……。心配、かけたくない。

「優悍！」

「優悍くん！」

輝明に、凛奈ちゃんまで……。

どうして、危ないと分かってて来ちゃうかな……。

「てめぇ、人を呼んでやがったのか!?」

「マジで、このことを教師にでもバラしたら分かってんだろうな!?」

「クソだな、こいつ！」

「舐めくさりやがって、もう許せねぇわ！」

僕の胸ぐらを掴んでた人が――拳を振りかぶるのが見える。

ダメだ、怖くて勝手に目が閉じちゃう……っ。

ああ、結姫……。ごめん。

お願いだから、見ないで――

「――優惺！　ぐっ……ぁ」

てる、あき？

感じたのは、身体の痛みじゃない。

僕を横から突き飛ばす衝撃と、抱きつかれる温もり。

恐る恐る、目を開くと――口から血を流してる輝明……。

まさか、僕の代わりに殴られた!?

「輝明、何で!?」

「……俺だって、ずっと後悔してたんだよ。親に連れられてく優惺を守れなくて……。

ずっと、ずっと、ごめんってさ」

だからって、何で僕の代わりに殴られなきゃいけないんだ……っ！

そんなの、おかしいだろ⁉

「おい、立てよ！」

「やめ……輝明を離してください！」

「引っ込んでろクソ陰キャが！」

「あぐ……ッ！」

無理やり引き寄せられる輝明を庇（かば）いたい。

僕だって、輝明を守りたい。

それなのに、軽い蹴り一つで土の上を転がるとか……っ。

どこまで僕は、貧弱なんだよっ！

「お前、二年の高橋だよな？」

「ぐ……」

「こんなクソ陰キャ庇って、オメェもやられてぇってことでいいんだよな⁉」

輝明が、僕の代わりに……。

立たなきゃ、立って止めなきゃなのに……っ。

何で、何で僕の足は震えて動いてくれないんだ！

「輝明先輩！　お願い、もう止めてください！」

「うるせぇ！　女に手は出さねぇから、下がってろよ！」

「きゃっ!?」

「結姫!?」

庇いに入った結姫が、手で振り払われた!?

凛奈ちゃんが受け止めてくれたけど……っ。

こんなの、許せない!

輝明も、結姫も守らなければっ。

結姫のために——いや、結姫のためじゃない。

僕は僕自身の意思で、この暴力を止めたいんだっ!

「……おい、クソ陰キャ。俺の腕を掴んで、何のつもりだ? 手、離せよ」

「離しませんっ」

「まだ殴られ足りねぇのか?」

「痛いのも、誰かを痛めるのも嫌です。でも……それ以上に、大切な人が殴られるのを見てるだけなんて、そんな裏切りは嫌なんですっ!」

そこで、視界がぶれた。

頬が、焼けるように痛い……?

ああ、殴られたのか……。

頭が、目がチカチカする……。世界がぐらついて、気分が悪い。

それでも、立たなきゃ……。

「……お願いします、もう止めてください」

「……優惺。もう、いいから」

震える足で立ち上がり、身体を揺らしながらも頭を下げる。

安い頭だなと思われても構わない。

もっと大切なことを守るためなら、いくらだって頭なんか下げる！

「どこまでも調子に乗ってんな！」

「ぐっぇ……。ぉ、ぉぇっ……ッ！」

お腹が、息ができない……。

膝がお腹に入るって、こんなにも苦しいのか？

それでも……倒れちゃダメだっ！

結姫や凛奈ちゃん、輝明が逃げるまでは……っ。

絶対に倒れたり――

「――撮れたよ、凛奈は!?」

「バッチリ！　クラウドにも保存した！」

「はっ!?　お、おい、動画撮ったのか!?」

「お前ら、ふざけんなよ!?」

チカチカ明滅する視界の中、結姫と凛奈ちゃんがスマホを向けてるのが見えた。

「おい、マジか！　消せよ！」

この先輩、もしかして……二人の方へ行こうとしてる？

そんなこと、させないっ！

「何だ、てめ……。離せ、離せよ、クソ陰キャ！」

行かせない……っ。

僕は命を懸けて、結姫を守るって誓ったんだ！

この手は、今ここで余命が尽きても——絶対に離さないっ！

「これを投稿したら、先輩たちどうなるか分かりますよね!?」

「もうクラウドに保存してあります。スマホを壊しても無駄です」

「く……。クソがッ！　おい、行こうぜ！」

先輩たちが、逃げるように去っていく音が聞こえる……。

もう……倒れてもいいかな？

「優惺、大丈夫か!?」

「輝明……。口、血が……」

「少しジンジンするだけだよ！　優惺の方がよっぽど殴られてただろ!?」

輝明、自分の口から血が出てるのに……。

僕の方へ、駆け寄ってくれたのか？

いや、それ以前にだ……。

「助けに来てくれて……。ありがとう」

「そんなの当たり前だろう!?」

当たり前……。

そう言えることこそが、格好いいと思うよ。尊敬する。

逆の立場だったら、僕はきっと……。

「――惺くん！」

結姫の手だ……。

忘れるわけもない。

あの日、花火大会の夜に公園で感じたのと同じ温かさ……。

倒れそうな僕を、また支えてもらっちゃったな……。

「格好悪いよね……。ボコボコにされてるとこ。物語のヒーローなら、颯爽と――」

「――一番、格好いいよ。自分は暴力を振るわず、大切なものを守ったんだよ？」

守った……。守りきれたのか。

格好つかないと思ってたけど……。

結姫が格好いいと思ってくれるなら、信じよう。

「惺くんは、逃げずに立ち向かったんだよ。格好いいに、決まってるじゃん……っ！」
小学生の頃は、僕の親に結姫が立ち向かってたね……。
そっか、今は――僕が立ち向かう側になれたんだ。
少しでも、結姫に近づけたんだね。
言葉では何とでも言える。変わりたい、変わるって。
少しは……変われたのか。
今の僕は、口だけじゃない。
大切な人たちを裏切らずに、変わり始めることができたんだ。
いや、僕だけじゃないな。
輝明や凛奈ちゃんも、立ち向かってくれた。
これだけ輝く皆に囲まれるぐらい、人生が変わったんだ。
カササギだって認めて、きっと二人とも生き残れるはずだ――。

最終章　最期の瞬間は

残された命が減っていく中、足掻くように生きて――季節は再び夏を迎えた。

夏服から流れ込む入間川沿いの心地良い風を、あと何回感じられるだろう。

幼馴染み四人で目的に向かって突っ走ると、あっという間に時が過ぎる。

結姫と凛奈ちゃんは二年生になり、僕と輝明に至っては、来年には卒業だ。

カササギとの約束の日は――遂に明日へ迫ってる。

七夕の日、唐突に結姫への寿命も譲渡せず僕の命を彼が狩る可能性だってある。

何しろ生きる意味や理由なんて、この期に及んでまだ悩んでるんだから。

最初の取引の一年は結姫が中学を卒業し、高校へ入学できるかの瀬戸際だった。

それが今度は、僕が卒業できるかどうかで悩むことになるとは……。

「……惺くん。明日、七夕だね」

放課後。入間川の河川敷に座り二人で不安を洗い流そうとしてると、結姫が小さな声で呟いた。

もう口に出さずにはいられない……。

そんな期限が、目前にまで迫ってるんだもんね。

「この一年、二人で生き残る道を探して駆け抜けた……。答え合わせが迫ってきたね」

こんな残酷で長い問いと、答え合わせもないだろう。

命がかかってる、重大で僕たちにとって都合のいい、新たな取引にも向き合ってもらえるか最期の日まで分からない。

会うのは契約完了手続きのためで、新たに契約をするため会おうと言われてない。

自分で投げ出して、自分でつくり出した余命を元に戻してくれなんてさ……。

そんなこっちに都合が良すぎる取引、応じてくれない確率の方が遥か(はる)に高いだろう。

去年の七夕、カササギのくれたヒントは——『犯した罪の清算』、『相手の真の希望や望み、対話や思考を行い身勝手にならず』、『冷静かつ客観的に現在の周囲、己を大切に見つめ直す』、『天の川のように輝く瓶のような関係』だった。

「僕たちが一年、向き合ってきたヒントはさ……。もしかしたら結姫に寿命を渡す最低限の対価へのヒントかもしれない」

全部達成できてたとしても、僕が取引した通り——僕の余命を結姫にあげるだけで終わるはずだ。

「二人とも生きられるように願うなら、プラスで大きな対価を用意しないとだもんね……」

「……うん。対価を用意して交渉。それが取引を持ちかけるってことじゃないかな」

僕は、カササギが充分以上に認める生き方をできてたのか？

余命を意識して後悔をしないように駆けたこの一年、懸命な生き方をしたとは思う。

彩夏祭の夜、花火大会が終わった後から僕は、自分を変えようと必死になってきた。

暗闇に生きる僕に、結姫という分かりやすい星。

これまで頼りきって導かれるばかりだったけど、僕も結姫と対等な存在でありたい。

そう思えるようになれたから。

幼馴染みとも仲直りして、母さんとも区切りをつけた。

変化を実感できる生き方だったと思う。

だけど……この一年の人生が、カササギの求めてた対価を上回らなければ？

ただの自己満足にすぎないと、斬り捨てられてもおかしくないんじゃないか……。

不安でたまらないから、僕と結姫の口数も減ってきてる。

不安そうな顔で隣に座る結姫の頭を、そっと撫でる。

「……もう一度、過去に戻れたとしてもさ。……僕は同じ取引を持ちかけると思う」

「……慳くん。何で、そんなことを言うの？」

「別に自分の命を投げやりにしてるわけじゃないよ？　ただ、結姫と過ごすには、あの悪魔の取引に手を伸ばすしかなかったからさ」

結姫は、水面を茜色に照らす夕陽を眺め
「その取引契約がなければ、そもそも私は生きてないんでしょ？　だったら、文句なんて言えない。こうして一緒に過ごせるだけでも感謝しないと。感謝……しないとなんだよ」

弱々しい声で、そう言った。

頬をひくひくさせながら、無理やりつくった笑みで感謝と言われても……。

余命を渡す選択を勝手にしたのは申し訳ないと思うけど、後悔は全くない。

ベッドの上で亡くなるはずだった結姫が、笑いながら暴れ回る姿が蘇るよ。

もうすぐ、その姿が見られなくなるかもしれないのは凄く名残惜しいけど……。

同時に、生きてたから見られた夢のように尊い光景なんだとも思うんだ。

「うん、今さら悩んでも仕方がないよね！　大丈夫。惺くん見違えたもんね！　私だって身体が動くようになって、遅れを取り戻そうと生きた！　大丈夫、大丈夫！」

頻（しき）りに大丈夫と繰り返すのは、自分に言い聞かせてるのかな……。

いや、それもあるだろうけど一番は、僕をネガティブな感情にしないためだろう。

「結姫、無理しないで」

「……無理？　こんなの、無理してるうちに入らないよ！」

「…………」

無理やりにでもポジティブに変える、結姫のクセ。

思考のクセのお陰で、いつ訪れるかも分からない最期と結姫は闘い続けることができたんだから、それを否定するつもりはない。

ただ僕は——それを素晴らしく思うと同時に、寂しくも感じる。

辛い時には、素直に辛いと言ってほしい。悲しい時には、存分に悲しんでいい。

周囲を暗くさせないよう無理して強く振る舞う結姫を、何とかしたい。

結姫が僕のことを注意してくれたように、僕も結姫を苦しめてることを注意する。

対等な関係って、そういうことだとは思うんだけどな……。

僕がつくり出した状況で結姫は励まそうとしてくれてるのにさ、言えないよ。

結姫の不安を洗い流して素直に笑ってもらうには、どうすればいいだろう。

いつ言うか、どう言うか。ずっと悩んできたけど……。タイミング的には、今かな。

「結姫」

「ん？　何？」

「その……。これ、受け取ってくれる？」

「え？」

鞄から小さな箱を取り出し、結姫へと手渡す。

結姫はゆっくり蓋を開け
「これ……。もしかして、ペアリング？」

漏れるような声で、そう言った。

目を丸くして、瞳には涙が滲んでる。
結姫が告白してくれてから、既に一年以上。
遅すぎるかもしれないけど……。
最期かもしれない瞬間を迎える前に、ちゃんと答えたかった。
お詫びも兼ねて、プレゼントとともに。
勇気を出せ。言え。
今度こそ、僕から告白をするんだっ。
「ごめん、今は受け取れない」
「……ぇ」
箱ごと、そっと返された。
僕は今――振られた、のか？
胸のときめきが血の気が引く感覚に変わり、キュッと締めつけられる。
そっか……。これが、振られる感覚か。
ははっ……。これ、辛いな。
こんな感覚を、いや、もっと辛い思いを僕は去年、大切な子にさせちゃったんだな。
そりゃ、振られて当然か。
「悍くん、そんな辛そうな顔をしないで？　今はって、言ったでしょ？」

それは、どういうことだ？

ロマンティックな場所とかタイミングなら、僕の想いごと受け取ってくれるのか？

「カササギの件を乗り越えて二人とも助かるまでは、ね？」

「……それは」

「これで諦めない理由、増えたでしょ？」

「結姫には敵わないな。そうだね、取引に応じてもらわなきゃいけない理由が増えた」

全てが解決して、二人で一緒に生き残る。

その時こそ、結姫の手にペアリングをはめよう。

「結姫、明日の七夕が無事に終わったら、また会おう」

「え？　嫌だよ？」

「……は？」

「惺くん、まさか七夕を一人で過ごす気だったの？」

その通りだ。

正直、元々結んでた契約から考えて——僕は明日、最期を迎える可能性が高い。

僕が最期を迎える瞬間を、結姫には見せたくない。

「明日、入間川七夕まつりがあるじゃん？　一緒に行こうよ！」

トラウマを植えつけたくないから、明日だけは一人で過ごそうと思ってたのに……。

地元なのに、僕は一度も七夕まつりに行ったことがなかった。

初めて参加するのが、まさかこんなに重い時になるなんてな……。

「運命共同体で頑張ってきたのにさ、置いていくとか薄情なこと言わせないよ？」

汗が滲んでいた肌に、生ぬるい夏の夜風が吹きつけた。

靡く髪を避けながらも、結姫の瞳は揺らがず僕を見つめてる。

ああ……。譲る気はなさそうだ。

「分かった。……折角だから、浴衣を着て全力で楽しもうか」

「うん！　カササギはさ……。今、この会話も見てるのかな？」

「もしかしたらね。人の生き方を見るのが好きとか言ってたから、可能性はあるかな」

結姫は小さく「そっか」と呟いた後、スッと立ち上がった。

入間川へ夕陽が沈む最期の光と、暗い夜空が入り混じる方角へ手を向け
「カササギ。――惺くんとの取引の場、私にも参加させてほしいです」

薄い涙へ夕焼けが反射する瞳、悲しい笑みで言った。

何を、言ってるんだ？

あの場、あの得たいの知れない店に……結姫も来るだって？

「望んだから届くってわけでもないかもだけど……。私の大好きな人を守る機会、交渉のチャンスを、私にもください。……どうか、どうかお願いします」

切実な想いの籠もった声が、星光降り注ぐ夜空に吸い込まれていく。

僕は余命契約をしたこと、後悔はしてない。

だけど余命の宣告された日々がこんなに辛いなんて、予想もしてなかった。

最期の日を迎えるのが、こんなにも不安だなんて考えてもみなかった。

僕に向き直った結姫は
「神頼みもいいけど、最期まで諦めず大切に生きようね！　この一瞬一瞬を大切に楽しまないとさ、次があっても楽しもうとしない習慣がついちゃうかもだから！」

儚げな笑み、瞳には涙を一杯に浮かべ宣言した。

僕は最期を迎えて、結姫を悲しませるのが怖い。

言うことは言ったというような姿の後ろ、空では——天の川が顔を覗かせていた。

「うん、最期の最後まで……。僕らなりに全力で生きる人生を見せてやろう」

「もちろんだよ！　最高に輝いてやろうね！」

もしもの時には、僕の存在や記憶を……。

いや、今は悪い方向へ考えるのは止めよう。

一緒の将来を見ている結姫の前で、弱気になってる場合じゃないな。

最期の一瞬まで、全力で輝く結姫の笑みを消さない。

一緒に楽しんで、一時も無駄にすることなく僕も生きよう——。


七月七日。

僕の余命期限、当日。

この日も例年と同じく、通り雨が心配される雲空だった。

狭山市駅の西口に集合した僕と結姫は、一緒に七夕まつりの会場を見て回る。

既に夕焼けも光を弱め、時刻は夜と呼んでも差し支えない。

思い返せば、過去二回とも十九時を過ぎたぐらいの時間にカササギは現れた。

その時間は逢魔が時という、この世とあの世が繋がる時間らしい。

一緒に調べる中で、何か起こるならこの時間からだろうと結姫は考えたみたいだ。

譲らない様子で、この時間を待ち合わせに指定してきた。

「わぁっ！　見て！　商店街も七夕通りも、普段と全く違うよ！」

「凄いな……。こんなの初めて見た。竹飾りが見渡す限り……。風に靡いてて綺麗だ」

「あ、あの模様可愛い！　風も浴衣の隙間から入るし、めっちゃ気持ちいい〜！」

「初夏の夜は涼を求めるにも最高っていうからね。真昼の埼玉は肌が焦げて生命力を奪われる熱射地獄だけど……」

まるで何事もないかのように見て回る。

だけど繋がれた手から滲む僕たちの汗や震える指先が、カササギに招かれるこれからへの不安を物語ってる。

どれだけ全力を尽くしたと思っても、結姫と僕の不安は拭えなかった。

それも当然なのかもしれない。

人生には、正解がないらしいんだから。

運命の七夕を乗り越えるまで——あと五時間ちょっと。

七月八日になれば、僕も結姫も助かる。

今日、これから起きると予想される事態には、いくつかのパターンがある。

一番は、このまま静かに二人で店へ招かれ、僕たちの取引提案に乗ってくれること。

これなら、誰も命を落とさない。

ここまで来たら、もう取引中止の可能性は少ないだろう。

結姫が生き残ってほしいという目的だけは達成できそうで良かった。

「惺くん！　耳を澄ませてみて！」

「ん……」

言われた通り、目を瞑る。

サラサラと竹飾りの擦れる音が、風鈴とはまた違った心地良い気分にさせてくれる。

「ほんの少し、心が落ち着いたかも……」

「ね！　作った団体さんに感謝だ！」

竹飾りには、作成した地元の団体なんかも書かれていた。

中には保育園が作ったのもあって……。

こういうのを一緒に作るのも、楽しいんだろうなとか考えちゃう。

もし来年があるのなら……。幼馴染み四人組で作ってみるのも面白いかもしれない。

「惺くん、来年は二人で作らせてもらっちゃう？　参加する側でさ！」

「これ、個人でも飾れるのかな？」

「そこは、ほら。何とか祝いみたいな特別枠とかさ！」

結姫の上擦った声。もしかして言いたいのは――新婚祝い、とか？

そんな考えと未来への想像を膨らませちゃうのは、思い上がりかな？

いや、結姫の耳が真っ赤だ。長年の付き合いだ、きっと予想は正解なんだろう。

「そうだね。一緒に作ろうか。幸せに満ちた竹飾りを」

「う、うん……っ」

自分で言っておきながら、照れる結姫が可愛くて仕方がない。

祭りって、こんなに楽しい日だったんだな。

遠くから眺めてるだけじゃ、最期まで分からなかった。

本当、境遇次第で世界は見方が変わるんだね……。

しばらく見て回り、提灯の明かりが灯った。

本格的な夜。

カササギに願いが届いて乗り越えられるかの運命の時まで——残り四時間足らずだ。

自然と結姫と繋ぐ手の力が強くなってる気がする……。

「あのテントで短冊に願い事が書けるみたい！　ね、私たちも書こうよ！」

「そう、だね。……願いって、織姫と彦星に願うのかな？　それとも……」

「今は深く考えないの！　純粋に、お願いを書けばいいと思うよ！」

「そうだね。……その通りだ。一番の願いを書こうか」

繋いだ手を離し、僕たちは互いに見えないよう短冊へと願いを書いていく。

そうして、短冊を身体で覆い隠すようにしながら微笑み合い
「せーので見せ合おう？　いくよ、せ〜の！」

結姫の願いは、『ずっと一緒に笑って過ごせますように』だ。

これは参ったな……。

僕の願いは、『互いに笑顔が溢れる日々を、何十年先まで続けられますように』。

「……僕の願いと、ほぼ同じだ。凄いね」

「奇遇だねぇ〜。やっぱり、私たち気が合うんだよ！」

「今さら？　十何年って一緒にいるのに。折角書いたんだし、飾りに行こうか」

「うん！　どこが願い届きやすいかな～」

沿道へ設置された柵に、結姫は駆け足で飾りに行く。

なるべく高い場所の方が届きやすいと思ってるのか、背伸びする姿が微笑ましいな。

僕も飾るか。

空いてるところは――

「――……ぐっ!?　ぁ、ああ……っ！」

胸が……痛い!?

息ができないっ！

全身が動かせないぐらいビシビシ張り裂ける！

ダメだ、もう……っ。立ってられない……っ。

「……惺くん？　ぇ――惺くん!?」

「ゆ、き……っ！」

慌てて駆け寄る結姫の手から、願いの書かれた短冊が風に吹かれ消えた。

涙目の結姫は、僕の身体を力強く抱き起こしてくれて……。

「ねぇ、起きて!?　惺くん、惺くんっ！」

「こう、なったかぁ……。そっか、そっか……っ」

「惺くん、しっかりして！　誰か、救急車をお願いします！」

「ははっ……。結姫が死ぬパターンより、マシだなぁ」

結姫が叫ぶと、係員らしき人が慌てて電話をしてるのが横目に映る。

無駄、だよ……。

だって——これは、契約なんだから。

病院で多数のスタッフに囲まれても助けられなかった結姫を、ピンピンさせちゃうような力を持つ人との、さ……。

「結姫が、無事そうで良かった……。無駄死に、最悪の事態は、避けられたかな？」

「惺くん、顔が真っ青だよ！　苦しいんでしょ!?　動かないで！」

「最期まで、後悔したくないから……。結姫、もういい。もう、いいんだよ……っ」

僕が最期を迎え結姫が無事——それは、僕の寿命が全て結姫に渡ったということ。

当初、僕が望んだ通りの契約だ。

最低限の対価は、足りてたんだな。

最善の、二人とも助かるなんて都合のいい再契約は無理だったみたいだけど……。

だからさ、結姫？　そんな、涙を浮かべないで？

「一番辛いのは、『苦しくても頑張れ』とか『まだまだいける』って言われることじゃないんだよ。一番辛くて悲しいのは、『もういい』って、諦められちゃうことなの……っ。自分のことでも、悝くんのことでも一緒だよ……っ」

　顔を覗き込んでくる結姫の顔が霞(かす)んで見えてきた……。

　手の温もりは、まだ残ってる。

　これって……。

「……最初、結姫が最期を迎えかけた時と、真逆の構図だね」

「……ぁ」

　皮肉なことも、起きるものだ……。

　あの時の僕の悲しみや絶望を、結姫にも味わわせることになるなんてさ。

　あの頃の僕は想定もしてなかった。

「最期なんかじゃないよ……っ。私は諦めないよ!?　大丈夫、きっとただの偶然！

治療をすれば、治る病気だって！」

　こんな時でも結姫は前向きで、ポジティブな発言をして、痛々しく笑うんだね。

　嫌、だなぁ。

　最期に、伝えなきゃ……っ。

　今を逃したら……もう、ないんだから。

「結姫……。僕のお願い、聞いてくれる？」

「治ってから、何でも聞くよっ!?　だから、今は――」

「無理に――笑わないで」

「……ぇ」

辛かったら、辛いと言っていいんだ。

悲しかったら、悲しいと素直に泣いていいんだ。

「でも、私のせいで周りを暗くしたら……っ」

「そんなの続けてたらさ……。いつか結姫の心が潰れちゃうよ。だから、感情に素直に生きてほしいんだ。――涙を流して、いいんだ。約束、してくれるかな？」

これだけが、僕の残した最期の心残り。

生きている意味や理由は、最期まで分からなかったけどさ……。

これだけは、やり残していけないよ。

僕の最期の願い、確かに結姫は聞いたはずなのに……。

結姫は朗らかな笑みを浮かべ
「絶対に、涙なんか流さないよ。ここで私が泣いたら――催涙雨になっちゃうでしょ……。織姫と彦星みたいに、私たちも会えなくなるなんてさ、絶対に嫌だもん……っ！」

涙を浮かべながらも、掠れた声で言った。

催涙雨……。
高麗神社で聞いた、かささぎでも橋渡しできないパターン。
織姫と彦星が、会えないで終わって流す涙か。
あぁ……。
結姫が泣かない代わりかな？
ポツポツと、雨が降ってきた。
かささぎの橋渡し、できないのかな？　結姫には、泣いてほしくないよ……。
雨が頬を伝う中、微笑みを浮かべた結姫はスマホを取り出し
「これ、見て」
ディスプレイをこちらへ向けてきた。
「これ……っ」
メモ帳にビッシリと書かれた文字の壁。
少し読み取れただけでも、弱音や悲しみに満ちた単語が見えた。
「病気と闘い続けてきた、秘密の弱音メモだよ。惺くんの前では、笑いたかったから。
負の感情は全部ここ。……今、惺くんに送ったよ。私の本音を知るには、生き残って
メッセージを読むしかないね。だから、お願い……っ。諦めないで……っ！」

そうだったのか。

ずっと気持ちをメモ帳に書くことで、不安を乗り越えてきたんだね。

僕の前では笑って過ごせるようにってさ。

ずっと、そこまで想ってもらえてたんだなぁ。

気付けなかったよ。

幸せってさ……。

なるものでも、するものでもないんだね……。

感じて気付くものだったんだ。

「僕はバカだから、幸せなのに気が付いてなくて……。時間、無駄にしちゃったなぁ」

「無駄なんかじゃないよ……っ。気が付いたなら、これから一緒に直そう？　これまでもさ、そうしてきたじゃんっ！　だから、これからも……っ！」

結姫と笑い合う時間、僕は確かに幸せを感じてた。

だけど本当の意味では、気が付いてなかったんだ。

勿体なかったなぁ。

「ははっ……。本当に、愚か者だな、僕は……っ」

人は自分が愛されたようにしか、誰かを愛せない？

僕に愛を示してくれるお手本が、ずっと傍にいてくれてたのにね。

最期を迎えるまで、気が付かないなんてさ……っ。

「結姫……。最期の一年、僕は幸せだった……」

「やめて、やめてよ……っ」

「ありがとう。嬉しかったよ……っ」

「嫌だよ……。過去形で言わないでよ……。お願い、私を置いてかないでよ！」

ごめんね……。

もう、ほとんど結姫の顔が見えなくなってきちゃった。

あれだけ温かくて柔らかかった手の感触も——……もう、ない。

自分の身体が、冷たいゴムみたいになっていく。

いよいよ、最期なのか……。

ああ……。

泣いてる結姫を、置いていきたくない。

今さら、こんなことを思っても遅いけど——死にたくないなぁ……。

駆けつけてくれた救急隊員の「ストレッチャー乗ります！」、「受け入れ先を確認しろ！」という声が、僕が最後に認識できた声だった——。

「今宵は良い夜ですねぇ。ようこそ、互いの最期を見るという希有な体験をされた客人方。あなた方が選び歩んだ生き様、人生。じっくり見守らせていただきましたよ」

「……カササギ？」

また、この店……。

顔の上半分を覆う白い仮面に、黒の燕尾服を着た男。

そっか……。最期の契約終了で、呼ばれたのか。

一番いい展開になる取引は叶わず、僕は最期を迎えてしまった。

だけど充分に、奇跡のような時間をもらった。

結姫に僕の寿命を渡してくれたことを感謝しないと――

「――惺くん？」

美しい声が、電流のように身体を固まらせた。

この優しく耳に染み入るような声音……。

聞き間違えるはずはない。

だけど……。

「……結姫？　何で……。この店に？　まさか、本当に招かれ――」

「――惺くん！　惺くん！」

二度と感じられないと思ってた。

薄れ行く意識、遠ざかる感触で消えかけた結姫の温もりが、胸の内に収まってる。

確かに、結姫から抱きつかれてる……。

「再会の御挨拶は、済みましたでしょうか？」

本当にカササギが、僕らを巡り合わせてくれたのか？

「結局、あなたは七夕伝説に出てくる――かささぎと一緒の存在なんですか？」

「ご想像にお任せいたしますよ」

「僕たち二人を橋渡し……。いえ、命を助けてもらうことはできるんですか？」

「それは申し上げられませんねぇ。……しかし見てくださいよ、この瓶を」

口元で恍惚（こうこつ）とした笑みを浮かべながら、カササギは一つの瓶を掌の上に乗せた。

明滅する大きな光が二つ。

そして見守るように輝く、二つの小さな光が詰まっている。

「あれが……惺くんが言ってた瓶？」

「そうだよ。カササギがコレクションしてる、綺麗な瓶だ」

「この棚に一杯あるやつ……。似てるけど、どれも違うね」

似てるけど、どれも違う。

江ノ島シーキャンドルの展望フロアから見た人たちと、重なるな……。

「ああ……。絶望の闇に追い込まれた人の、不安気に揺らめきつつも消えない愛。そして意志の放つ煌めきとは、何と美しく尊いのでしょうね」

愛おしそうに瓶を撫でながら、カササギは語る。

「夜空のような深い闇があるからこそ、星々が輝く。人間の心や思考。そして人生も同じだと思いませんか？　不幸や諦めを知らず、いかにして幸福や思い残しを認識できましょうか」

今なら分かる気がするよ。

七夕の夜、カササギが僕へ声をかけてきた理由が。

願いを書く人が多い中で僕を選んだのは、彼の好みに合う闇を抱えてたからだろう。

「結姫さんを救うために自分の寿命を差し出した空知さん。自らの不利益を恐れず、愛する者のために行動する。それは美しいようで、一方的ならば自己犠牲で自己満足で身勝手な自爆の花火でしかない。いえ、花火と呼ぶにも失礼」

失笑するように言うカササギの瞳は、間違いなく僕を見つめてる。

これ、結姫に僕が接する態度のこと……だよな。

「ただの暴発ですよねぇ……。残る余韻には情緒もない、実益と虚しさのみでしょう」

失笑しながら、僕へと指を向けた。

何も言い返せない……。

実際、そうやって散ろうとしてた僕には、何も――

「――悍くんは、もう変わりました！　変わろうと努力して、実際に私たちを守ってくれるぐらいに、変われたんです！　バカにしないでください！」

「……結姫。これは事実だから。過去、僕がバカだったから。怒らないで」

「過去そうだったからって、今もバカにしていい理由にはならないよ！　カササギ、私の命を助けてくれたことは、お礼を言います。ですが、悍くんをバカにしないでください！」

店内に結姫の声が響き、棚に置かれた瓶を揺らしてる。

こんな天使とも悪魔とも呼べるような存在にも、間違ってると思えば声高に指摘をする。

小学生の頃、僕の両親にも恐れなかった結姫らしいよ……。

結姫は、本当に強いね。思わず笑って頬が緩んじゃうぐらいにさ。

「……ふむ。市川結姫さんは、空知優悍さんへ心酔……いえ、愛しているのですねぇ」

「当然っ！　私の初恋は、最後の恋でもあるんです。支え合って幸せになるんです！」

「燃えるように輝く意志ですねぇ……。一見すれば、散るという末路は同様。ですが仰る通り、互いが危機へ陥った時に手を差し伸べ合う関係、これは自爆行為と表現されるのか？　私の解釈では――断じて否。それは実に美しき支え合い、助け合い、頼り合いなのですよ！」

そのテンションが上がった声すら、嫌味に聞こえる。

我慢だ……。彼が恩人なことに変わりはない。

「お二人とも、こちらの瓶が見えますか？　一方が闇にのまれ消えようとした時、もう片方が輝き映し出す、この光景が。……沁み入ります。最期の光を放ち合った当人たちは無自覚なのでしょうが、思わず見とれてしまう在り方ですよ。コレクション入り確定です」

「惺くん、もしかして、あれが？」

「僕の人生——僕たちの生き方を封じ込めた瓶、だと思う」

そうだとしたら結姫の記憶も——この二年間の記憶も、封じられるのか？

できれば生き方だけじゃなく記憶ごと持っていってほしい。

辛い思いをさせたくない。

結姫の中で僕は存在しなかったことにして——消してほしい。

最初に僕たちの命を助けてくれるのかと聞いた時、カササギは取引の席につこうともせず流した。

もう……二人とも生き残るのは、絶望的だろう。

元々、ここには取引終了手続きと言われて呼び出されたんだ……。

「カササギ……。今まで惺くんが私に渡した全ての寿命を戻してください。去年、私にくれた──全寿命も──」

「なっ⁉　結姫、何を言ってるんだ⁉　そんなことをしたら、結姫が……っ！」

「それが、本来の歴史でしょ。私が死んでるのが。本来の姿。この二年が奇跡だったんだよ。私は、それで充分だから。二年も惺くんの寿命をもらって、ごめんね？」

「ダメだって！　今さら本来も何もないよ！　二年分の寿命を勝手に渡したのは僕だ！　結姫、僕が悪かった。後悔はしてないけど、そんなことを言わないで……っ」

涙ながらの結姫の声、必死な表情だろうと、ここは僕も譲れない……っ。

僕が元々始めた問題なんだ……っ。

結姫の傍にいられないのは嫌だけど、結姫がいなくなるのはもっと嫌だ！

ここだけは、絶対に譲れない！

「私だって、本当は嫌だよ？　それでも、惺くんがいない世界は辛すぎるよ……。私だけ寂しく生きろって言うの？　そんなのって、ないよ……っ！」

「それは……っ！　それ、は……。きっと、命と一緒に僕の記憶も消え──……」

「記憶は消えたとしても。私の気持ちは消せないよ。この胸に溢れそうな想いを、私は消させないっ！　消されたくないっ！　絶対に抵抗するからねっ！」

僕は、何て酷い選択を結姫にさせようとしてるんだろう……。

人を見送るのは、辛い。

残された人が絶望するなんて分かってたのに……っ。

僕のしたことは、やっぱり押しつけで――結姫を苦しめるものでしかなかった？

二年前。

そして一年前の僕は弱すぎて――悪魔の選択を押しつけちゃったんだ……っ。

結姫、ごめん。本当に、ごめん……っ。

「……ふぅ。あなた方は、誰と取引をなさりたかったので？　私を置き去りにして喧嘩をされるなら、生前の間に纏めておいてほしかったものですねぇ」

美しいものへ浸っていたのに、興が削がれたとでも言わんばかりの呆れ声だった。

まずい……っ！

僕たちの命運は文字通りカササギが握ってるのに……。

このままじゃ最悪二人とも、結姫まで寿命を奪われる!?

「さてさて。お別れの挨拶は――済みましたでしょうか？」

「――……ぇ」

それって……結姫との、お別れの挨拶か？

にたりと口元を半月のように歪めるカササギの顔が、不気味だ。

この奇跡のような一瞬を、終わらせる。

本来なかった、まさに夢のような一瞬を……。

いや、それより――

「――契約は、僕の寿命は、全て結姫に渡ったんですよね!?」

「惺くん!?　カササギ、待って！　お願い待ってください！　私と取引をっ！」

「もう充分に、お時間は差し上げました。そろそろ、さようならの時です」

パチンとカササギが指を弾いた瞬間――結姫と引き離された。

「待って、お願いです！　求めてる対価なら、これから私がいくらでも払います！

お試し契約で、私にくれた寿命の半分でもいい、惺くんに返して!?」

焦る結姫が必死に近寄ろうとしてくれてるのに、無駄だった。

見えない壁に阻まれて、近付けてない。

ああ……。結姫、これでお別れか。

もう、結姫の笑顔を見られないのは寂しいけど……。

夢のような二年間が見られて、本当に幸せだった。

「空知さんが願った寿命譲渡の余命契約、良い対価をいただきました。あなたは取引

相手として、誠に最高でしたよ」

せめて、悪魔のような男が契約通り、結姫に僕の全寿命を渡してくれますように。

「結姫、最期の最後になっちゃったけど……。告白の答え、聞いて」

「何で、何で最後とか言うの⁉　いや、諦めないで！　元の場所で聞かせてよ……っ。お願いだからさっ！」

「結姫、愛してる。――一生で唯一、結姫だけを愛してたよ」

「勝手に過去形にしないでよ⁉　私だけ、一人にしないでよ……っ。悍くんは、ずっと私と一緒にいてくれるんでしょ⁉」

ごめんね……。

最期の最後に、大切な人の期待を裏切ることになっちゃって……っ。

「そばにいるって約束……。先に破っちゃって、ごめんね」

「謝らないで！　その約束だけは、絶対に破らないでよっ⁉　諦めちゃ嫌だよ⁉」

「……僕以外の誰かとだけどさ、最高の笑顔ですごしてね」

「止めて……。悍くんが私を笑わせてよっ！」

本当に、本当にごめんっ。

物心ついた頃から最後まで見守ってくれた。

僕が初めて愛して、最期まで愛させ続けてくれた、結姫……っ！

「結姫。前は嫉妬しちゃったけどさ……っ。輝明や凛奈ちゃんと、仲良くね。さようなら、僕が最初から最後まで愛した結姫……っ！」

「そんなのって、ないよっ！　私だって、悍くんのことを誰よりも」

「それでは、ご来店ありがとうございました。――さようなら」

半月状に口を歪めるカササギが頭を下げ、星々と闇が渦巻く世界へ包まれていく。

「惺くん！　行かないで！　待って！　いやだ、いやぁああっ！」

「結姫、手を――……」

結姫と一緒にどれだけ手を伸ばし合っても、離されていく。


音すら聞こえない。結姫も見えなくなった世界で……感覚がない闇に包まれる。

結姫……。ごめん。

辛い思いをさせて、本当にごめん……。

少なくとも僕に残されていた余命は、結姫へと渡ったはずだ。

死にたくなかった。

結姫との時間を、もっと楽しみたかった。

だけど――今さら遅い。

何もかもが、遅すぎたよな……。

どうか結姫だけでも、笑って長生きしてください――。

エピローグ　天の川を彩る星々

人生は思ってるより短いんだから、不幸に浸り続けるなんて勿体ない。

余命がどれだけ残されてるかなんて、誰にも分からないんだ。

どんな人だろうと、急病や事故で亡くなる可能性がある。

いつ終わるかも分からない人生。

繰り返すけど生きる意味や理由が見つからないからと、立ち止まるなんて勿体ない。

後悔しても——後悔を自覚した時には、手遅れになってることもあるんだから。

「結姫……」

風に吹かれる中、スマホを弄って過去のメッセージを開く。

結姫が、最期を迎えかけた僕へ送ってくれた弱音メモ帳の中身をだ。

『呼吸がどんどん辛くなる。苦しい、痛い。今までとは違う。多分もうすぐ死んじゃうんだろうなって自分でも分かる。高校の制服を着て、惺くんとデートをしたかった。一緒に色々な場所に行きたかった。些細なことでも全力で喜んで、不自由なく駆け回りたい』

あの奇跡のような二年間で、少しは達成できたかな？

『皆が成長していく中、不自由なことが増えてくるのは悲しい。落ち着いても、また入院。もう死んじゃおうかな。自分から死ねば苦しまないかもって、何度考えただろ。今まで当たり前にできてたことができなくなるのは絶望しかない』

最後の逃げ道として死の選択を結姫が奪わなかったのは、こんな裏事情があったんだね。

『今まで仲良かった子が離れてくのは、寂しくて胸が引き裂かれそう。だけど、死んで楽になるのを踏みとどまる理由がある。惺くん。惺くんだけは、最後まで私から離れない。絶対に離れないと信じてる』

ごめんね、告白してもらった時……。

信じてくれた気持ちを少しの間だけ裏切っちゃった。本当に、ごめんなさい……っ。

『物心ついた頃には、好きだったなぁ。惺くんは私がいなくなったらどうなっちゃうだろう。頑張り屋さんなのに上手くいかないことばっかで、しょぼくれてるから。私が惺くんの隣にずっといられたらなぁ。どれだけ幸せで、幸せにできるだろう』

本当に、読んでいて苦しくなるよ……。

結姫は、こんな絶望を表に出すことが全くなかった。

最期の最後の瞬間まで、僕との幸せを望んでくれてたのにな……。

僕は、結姫に酷いことを山程しちゃった。

後悔しても、後悔しきれない……っ。

「織姫と彦星は強いな。何度も別れの苦しみを乗り越えてるなんてさ」

最愛の人との一度の別れで、僕は心が折れちゃうよ。

「――惺くん、輝明先輩！」

桜の花弁が風に舞う中、狭山高校の卒業式が終わった。

結姫と凛奈ちゃんは、卒業祝いのリボンを胸につけ校門へと駆けてくる。

「お～！　結姫ちゃん、凛奈ちゃん、卒業おめでとう！」

「二人とも、卒業おめでとう。僕も嬉しいよ」

「ありがと、高橋先輩、優惺くん」

あの性悪なカササギに、どうやら結姫の声は届いていたらしい。

僕が失った余命も取り戻せたのか、病院前に停車していた救急車の中で何事もなかったかのように目を覚ました。

彼が結姫と僕、二人分の命を救ってくれた対価の答えは、分からないままだ。

だけど僕は、もしかしたら……と思うんだ。

いつも半月状の口元で笑う彼は言った。

『この瓶が見えますか？　一方が闇にのまれ消えようとした時、もう片方が輝き映し出す、この光景が』

『……沁み入ります。最期の光を放ち合った当人たちは無自覚なのでしょうが、思わず見とれてしまう在り方ですよ』。

　確かに、そう口にしていたんだ。

　最期の最後まで、彼の前でも互いの命を生かそうと支え合う、輝き合う生き方。

　これが、僕たちを繋ぐ橋渡しをしようとカササギに決心させたんじゃないかってさ。

　本当のところは、僕には分からない。

　七夕神話と重ねて、織姫や彦星みたく勤勉に想い合う姿を見せられたからだ。

　僕が勝手に、そう思いたいだけなのかもしれない。

　とにかく、だ。

　二人で助かるという奇跡を起こせたことこそが事実。

　それでも——安心してはいられない。

　僕たちは、「これからも一瞬一瞬を大切に生きよう」と、一緒に決意したんだ。

　二人とも未練を残した最期を知っているからこそ、共有できた思い。

　だからこそ——

「——結姫、生きる意味や理由とか……。僕なりに考えて答えを出したよ」

「うん。惺くんなりの答えは？」

「生きる理由なんて——死にたくはないだけでもいいんだ。自分が死んで誰かが悲しむなら、生きる意味にさえなる」

「なるほどね～！　私は好きだな、その答え！　格好つけすぎてなくて、現実的。消極的とか言う人もいるかもだけど、惺くんらしくていいよ！」

朗らかな笑みを浮かべる結姫に認めてもらって、安心した。

一緒に校門を潜り、結姫と向かい合う。

結姫は何も言わず、左手を差し出してきた。

卒業式中はアクセサリーもできなかったもんね。

預かってたペアリングの片方を取り出し、結姫の差し出す左手。

その薬指へと通していく。

「僕は結姫が好きです。人生の最初から最後まで、愛してると誓えます」

素直な気持ちを告げた。

「私も、ずっと惺くんが好きです。この命が尽きる瞬間も、愛してると誓えます」

あっという間に、結姫の瞳に涙が滲んできた。

本当、感情が面に出やすいね……。

「間違ってたら互いに指摘し合う、対等な恋人であろう」

「うん、任せて！　お互いに助け合って、高め合おう！」

きっと僕たちは、まだまだ間違えを繰り返すと思う。

だけど、それでいいんだ。

完璧な人なんていない。
完璧にならないと付き合えないルールもない。
相応しい男かは、結姫が決めることかもしれないけど……。
相応しい相手であろうと高め合うことはできる。
「惺くんに救ってもらった命、時間。大切にするからね！」
最高に幸せそうな笑みを僕に向けてくれる。
結姫が――涙を流す姿なんて、初めて見たよ。
自分が最期を迎える瞬間だろうと、堪え続けて泣かなかったのにさ。
溜まりに溜まった涙を流すのが、この瞬間だなんてね。
光を照り返しながら頬を伝う初めての雫(しずく)は、天の川よりも輝いていた――。

了

あとがき

本作を手に取ってくださり、ありがとうございます。前作にして第8回スターツ出版文庫大賞W受賞作『余命一年、向日葵みたいな君と恋をした』を手に取り、引き続き興味を抱いてくださった方が多いのでしょうか？

改めまして『苦節十年、作家デビューしたら泣かされた』著者こと、長久です。

お陰様で、このあとがきを書いている現在までの五ヶ月間で重版四刷という光栄を超越して震える程の御反響をいただけております。

ファンレターやX、インスタでのコメントやティックトック、口コミ投稿サイト。書店員様からも沢山の嬉しい御言葉をいただき、嬉し涙が止まりません。

応援してくださる皆さまに恩返しとなる一冊を届けたくて届けたくて震えます。

一発屋で終わってたまるか。読者様、書店様、そして刊行してくださる出版社様のご期待に応えてみせねば。そんなプレッシャーや焦燥感から十五分仮眠生活を続け、疲労回復点滴のお世話になりまくりでした。潰れるのではないかと、ご心配してくださった皆さま、ありがとうございます。安心してください、書いてますよ。

むしろ書かない日々とか無理です。左手が疼きます。

私は本作を、皆さまのご期待に応えられる一作として送り出せたでしょうか？　不安でたまりません。何だか、メイン登場人物である優惺のようなことを言っておりますね！　どうぞ、皆さまのご感想を私めに教えてくださると幸いです。

本作のタイトルを見て、『長久は、また余命ものか』、『内容も前作と同じなんじゃないのか』。そう疑問を抱かれた方も、いらっしゃるのではないかと思います。

既に本作を読んでくださった方には今さらですが、本作は怪しいイケメン紳士によるファンタジー要素を含み『余命契約』、『余命取引』という前作にないワードがメインとなりました。その中でも、私の譲れない信念として等身大の人間感情や感情移入できる、現実に存在しえる人間性という芯を貫かさせていただきました。

結姫と優惺の歩んだ人生は、いかがだったでしょうか？　私は、人間という生き物は強くないからこそ、強さに憧れ輝きを求めるのだと考えております。

その輝きが、充実した人生なのか。誰かの笑顔なのか。自分の自由に生きることなのか。求める輝き方は様々かと思いますが、求める何かへ向かっている姿は、それだけで星々のような美しさを放ち、敬意を抱かずにはいられない魅力です。星は煌めいたかと思えば雲に隠れる。人間が何か求めるものへ向かう心や言動も、似ているのかもしれませんね。こんなことを言えば、少しは作家らしく見えますか？

私が思う魅力的な物語創りに欠かせないリアルな感情を知るため、取材などで学びを与えてくださった方々、もう二度と頭が上がりません。多くの方に支えていただけることを、心より幸せに思います。私は誠に果報者です。

最後に、謝辞を。本作は担当編集様と次回作に関して相談をしている会話の中で誕生いたしました。担当編集様がいてくださったお陰で世に送り出せたこと、改めてスターツ出版文庫の皆さまへ感謝を述べさせてください。私の文章がクドくない状態で届けられるのは、優しく丁寧なお力添えをくださるライター様のお陰です。イラストレーターのSakura先生、本作でも魅力的な書影イラスト、ありがとうございます。素晴らしいイラストがあるからこそ、書店様で数多ある書籍の中から手に取っていただけるのだと、心よりお礼を申し上げます。そろそろ崇めても良いですか？　支えてくださる書店様、そして読者様。商業の世界ですから、皆さまの力がなければ本作を世に送り出せることはなかったでしょう。本当に、ありがとうございます。深い感謝の思いを忘れず、皆さまの心に長く久しく残れるよう尽力して参ります。

決して慢心することなく、感謝と敬意を胸に、今後も突っ走ります！

Xやインスタ、ティックトックなどでも、皆さまの応援をお待ちしておりますね。よろしければ今後も、皆さまの応援をカロリーにさせてください！

また遠からぬうちに、次回作でお会いできることを願っております！

長久

この物語はフィクションです。実在の人物、団体等とは一切関係がありません。

長久先生へのファンレターのあて先
〒104-0031　東京都中央区京橋1-3-1　八重洲口大栄ビル7F
スターツ出版（株）書籍編集部 気付
長久先生

星に誓う、きみと僕の余命契約

2024年11月28日　初版第1刷発行

著　者　　長久　©Nagahisa 2024

発 行 人　　菊地修一
デザイン　　フォーマット　西村弘美
　　　　　　カバー　長﨑綾（next door design）
発 行 所　　スターツ出版株式会社
　　　　　　〒104-0031
　　　　　　東京都中央区京橋1-3-1　八重洲口大栄ビル7F
　　　　　　TEL　03-6202-0386（出版マーケティンググループ）
　　　　　　TEL　050-5538-5679（書店様向けご注文専用ダイヤル）
　　　　　　URL　https://starts-pub.jp/
印 刷 所　　大日本印刷株式会社

Printed in Japan

ISBN　978-4-8137-1664-8　C0193

スターツ出版文庫　好評発売中!!

『余命一年　一生分の幸せな恋』

「次の試合に勝ったら俺と付き合ってほしい」と告白をうけた余命わずかの郁（『きみと終わらない夏を永遠に』 miNato)、余命を隠し文通を続ける楓香（『君まで1150キロメートル』永良サチ)、幼いころから生きることを諦めている梨乃（『君とともに生きていく』望月くらげ)、幼馴染と最期の約束を叶えたい美織（『余命三か月、「世界から私が消えた後」を紡ぐ』湊 祥)、──余命を抱えた４人の少女が最期の時を迎えるまで。余命わずか、一生に一度の恋に涙する、感動の短編集。

ISBN978-4-8137-1653-2／定価770円（本体700円+税10%）

『世界のはじまる音がした』　菊川あすか・著

「あたしのために歌って！」周りを気にしてばかりの地味女子・美羽の日常は、自由気ままな孤高女子・楓の一言で一変する。半ば強引に始まったのは、“歌ってみた動画”の投稿。歌が得意な美羽、イラストが得意な楓、二人で動画を作ってバズらせようという。自分とは正反対に意志が強く、自由な楓に最初こそ困惑し、戸惑う美羽だったが、ずっと隠していた“歌が好きな本当の自分”を肯定し、救ってくれたのもそんな彼女だった。しかし、楓にはあるつらい秘密があって…。「今度は私が君を救うから！」美羽は新たな一歩を踏み出す──。

ISBN978-4-8137-1654-9／定価737円（本体670円+税10%）

『妹の身代わり生贄花嫁は、10回目の人生で鬼に溺愛される』　編乃 肌・著

巫女の能力に恵まれず、双子の妹・美恵から虐げられてきた千幸。唯一もつ「回帰」という黄泉がえりの能力のせいで、９回も不幸な死を繰り返していた。そして10回目の人生、村きっての巫女である美恵の身代わりに恐ろしい鬼の生贄に選ばれてしまう。しかし現れたのは“あやかしの王”と謳われる美しい鬼のミコトだった。「お前は運命の──たったひとりの俺の花嫁だ」美恵の身代わりに死ぬ運命だったはずなのに、美恵が嫉妬に狂うほどの愛と幸せを千幸はミコトから教えてもらい──。

ISBN978-4-8137-1655-6／定価704円（本体640円+税10%）

『初めてお目にかかります旦那様、離縁いたしましょう』　朝比奈希夜・著

その赤い瞳から忌み嫌われた少女・彩葉には政略結婚から一年、一度も会っていない夫がいる。冷酷非道と噂の軍人・惣一である。自分が居ても迷惑だから、と身を引くつもりで離縁を決意していた彩葉。しかし、長期の任務から帰還し、ようやく会えた惣一はこの上ない美しさを持つ男で…。「私は離縁する気などない」と惣一は離縁拒否どころか、彩葉に優しく寄り添ってくれる。戸惑う彩葉だったが、実は惣一には愛ゆえに彩葉を遠ざけざる“ある事情”があった。「私はお前を愛している」離婚宣言から始まる和風シンデレラ物語。

ISBN978-4-8137-1656-3／定価737円（本体670円+税10%）

書店店頭にご希望の本がない場合は、書店にてご注文いただけます。